Erk F. Hansen

Sudeleien II

oder:

Gedanken eines zögerlich Alternden

Wenn alles in der Kiste ist, was eigentlich hinein gehört, und es schlottert noch, so steckt man etwas anderes dazwischen. (G.C. Lichtenberg)

Bibliografische Information der
Deutschen Nationalbibliothek:
Die Deutsche Nationalbibliothek verzeichnet diese
Publikation in der
Deutschen Nationalbibliografie,
detaillierte bibliografische Daten sind im Internet
über http://dnb.dnb.de abrufbar.

Verlag:
BoD · Books on Demand GmbH, Überseering 33,
22297 Hamburg, bod@bod.de
Druck:
Libri Plureos GmbH, Friedensallee 273,
22763 Hamburg

ISBN: 978-3-8192-4932-7

Inhaltsverzeichnis

I. Über das Schöne (Zur Ästhetik)

Den evolutionsbiologischen Ansatz im epistemischen wie ethischen Bereich zugrunde zu legen macht Sinn, wenn es um die Plausibilität des Begriffs der „Passung" geht. Kants „apriorische Anschauungsformen" im Bereich der Erkenntnistheorie, sprich: Unsere dreidimensionale Raum- wie eindimensionale Zeitauffassung z.b. hätten wir sicherlich nicht entwickelt, wenn 'die Welt', in der wir auf der Basis dieser Anschauungsformen bisher überlebt haben, nicht auch - als „Ding an sich" - diesen Anschauungsformen ontologisch zumindest in relevanten Zügen entsprochen hätte. Gleiches gilt für die Ethik: Von jeglichem Begründungskontext absehend wäre *jede* mögliche Gesellschaftsordnung zugrunde gegangen, die versucht hätte, ohne Regeln des Zusammenlebens und der sozialen Interaktion eine stabile Gesellschaftsordnung aufrechtzuerhalten - eine unhintergehbare normative Notwendigkeit also auch hier (vgl. T. Hobbes und seine „natürlichen Vernunftgesetze").

Im Bereich der Theorie des Ästhetischen scheint diese Plausibilität des evolutionstheoretischen Ansatzes jedoch zu versagen, denn während man durchaus geneigt sein dürfte, das Wissen um unsere Welt sowie die Regeln unseres Zusammenlebens als (überlebens-)relevant zu betrachten, stellt sich die Frage: Was hat das „Schöne" mit unserer (genetischen wie kulturellen) Evolution zu tun? Oder, zugespitzt formuliert: Wozu bedürfen wir des Schönen?[1]

---

[1] „Ist Schönheit eine Determination durch den menschlichen Geist, oder ist Schönheit eine Eigenschaft der als so perzipierten Gegenstände unserer Umwelt?" (K. Richter, Die Herkunft des Schönen, S. 45) „Es kann davon ausgegangen werden, dass das Schönheitsbedürfnis bereits im Verlaufe der menschlichen Evolution bedeutungsvoll gewesen ist. Es muss dazu beigetragen haben, den Menschen an die Lebensbedingungen seiner Umwelt und seines sozialen Zusammenlebens anzupassen. Andernfalls, wenn es keinen adaptiven Wert gehabt hätte, wären die damit verbundenen Verhaltensweisen nicht erhalten worden, sondern im Verlaufe der evolutiven Selektion verschwunden. Schönheit ist weder im Menschen allein begründet noch außerhalb des Menschen existent. Sie entsteht primär als Idealfall der Wechselwirkung von Subjekt und Objekt." (K. Richter, a.a.O., S. 46f.)

In der griechischen Antike häufig mit dem „Guten" in der Idee der *Kalokagathia* verbunden, bei Kant ein „interesseloses Wohlgefallen" auslösend, nach Schopenhauer ein „Quietiv des Wollens" darstellend, von Hegel als das „sinnliche Scheinen der Idee" aufgefasst, ist allen diesen Bestimmungen der *ideelle Charakter des Schönen* gemeinsam, sprich: Das Schöne weist über unsere empirisch gegebene materielle Welt hinaus, und das (nach Kant Beistimmung erheischende) ästhetische Urteil „dies ist schön" hat damit einen *verweisenden* Charakter; oder, mit Wittgenstein gesprochen: Das Schöne „zeigt sich" im schönen Gegenstand, hat dort jedoch nicht seinen Sitz resp. Ursprung.

Überhaupt gestaltet sich die Verortung des „Schönen" als schwierig: Unstrittig dürfte einzig sein, dass es sich in der Wechselwirkung zwischen dem als „schön" empfundenen Gegenstand und dem dieses ästhetische Urteil aussprechenden Subjekt vollzieht, womit es sich um eine *relationale* Kategorie des Urteilens handelt, in der wahrnehmendes Subjekt und wahrgenommenes Objekt auf spezifische Weise in Beziehung zueinander treten. Was weiterhin unstrittig sein dürfte, ist, dass Schönheit eine gewisse Ordnung, eine erkennbare Struktur voraussetzt, also als etwas *Gestaltetes* in Erscheinung tritt: durch natürliche Prozesse beim Naturschönen, durch intentionales Wirken beim Kunstschönen. Als Gestaltetes, Strukturiertes, Geordnetes aber wird sich das Schöne von seiner Umgebung abheben durch einen vergleichsweise niedrigeren Grad an *Entropie*. Und da das ästhetische Urteil wiederum ein im Vergleich zu assertorischen Aussagen etwa deutlich seltener geäußertes Urteil über einen Gegenstand (oder einen Gegenstandsbereich) ist, wird man das Schöne **erstens** als bestimmt sehen wollen durch einen *auffallend niedrigen Grad an Entropie,* wodurch es sich von seiner Umgebung abgrenzt bzw. vom Subjekt auf der Basis dieses Merkmals aus seiner Umgebung rezeptiv herausgelöst und/oder hervorgehoben wird.[2]

„Geringe Entropie" bedeutet nach der Gleichung $S = k \cdot \ln W$ der statistischen Thermodynamik die geringere Wahrscheinlichkeit eines Zustandes, und ein Zustand ist dann von geringerer Wahrscheinlichkeit, wenn er eine *Ordnung* aufweist, die ihn von einer ungeordnet(er)en Umgebung abhebt. Typisch wiederum für einen geordneten Zustand ist eine erkennbare *Symmetrie,* die die Elemente dieses Zustandes in eine gegebene Anordnung bringt, weshalb man **zweitens** das Schöne

---

[2] „Das ästhetische Bedürfnis des Menschen, Maß zu nehmen und Maß zu geben, ist nur evolutiv zu begreifen. Das Bedürfnis nach Ordnung war in der Frühzeit des Homo Sapiens auch eine Frage der Stabilität." (K. Richter, a.a.O., S. 179f.)

als *durch eine symmetrische Ordnung gekennzeichnet* auffassen wird.[3]

Im Bereich des Naturschönen wird eine solche Ordnung durch naturgesetzlich gelenkte Ursachen hervorgebracht, im Bereich des Kunstschönen i.w.S. durch eine „Kausalität aus Freiheit" (Kant), d.i. durch einen menschlichen Gestaltungswillen, der in Architektur, Skulptur, Malerei, Musik, Literatur etc. die entsprechenden Ausdruckssysteme (Baumaterialien, Stein/Holz, Farben, tonales oder atonales System, Sprache) dazu nutzt, ihnen das aufzuprägen, was man „Ausdruck", „Aussage", „Idee" oder wie auch immer nennen könnte, kurz: Das Schöne ist **drittens** *das einem Ausdruckssystem aufgeprägte Ideelle*, welches in einem erkennenden Sub-

---

[3] „Wir besitzen [...] phylogenetisch erhaltene wie ontogenetisch angelegte Präferenzen für Symmetrien als Ordnungsprinzip in unserem Inneren wie in unserer Umwelt. Dabei gilt uns der menschliche Körper als Urphänomen des Symmetrieerlebnisses." (K. Richter, a.a.O., S. 177)

jekt ein korrespondierendes geistiges und/oder emotionales Bild hervorruft.

Des weiteren scheint das Schöne des Aspekts des „Interessanten", „Neuen" oder „Nützlichen" nicht zu bedürfen, um die Aufmerksamkeit auf sich zu ziehen, und tatsächlich scheint es bzgl. des Schönen auch keinen „Abnutzungs-" oder „Gewöhnungseffekt" zu geben: Das schöne Bild an der Wand gefällt stets aufs Neue, sooft der Blick darauf fällt; das schöne Gesicht/der schöne Körper erregt Wohlgefallen, vielleicht sogar ein Begehren, sooft es/er wahrgenommen wird; die schöne Architektur zieht den Blick immer wieder auf sich etc. Von daher ließe sich **viertens** als weitere Bestimmung des Schönen anführen, dass es *stets aufs Neue um seiner selbst willen gefällt* und keiner Nützlichkeitserwägung unterworfen wird.

Da das ästhetische Urteil ein subjektives Geschmacksurteil und kein objektiv-faktisch begründetes Urteil ist, ist es *irritier-*

bar („Wie, das findest du schön?") und *revidierbar* („Früher fand ich das schön, jetzt nicht mehr"). Was bedeutet das für das Schöne als Gegenstand eines solchen Urteils? Das Schöne wird **fünftens** als etwas *Dynamisches* und nicht als etwas Statisches verstanden werden müssen, d.h. dem Schönen ist ein *diachroner Wandel* eingeschrieben: Jede Zeit hat *ihr* Schönheitsideal. Zugleich ist das Schöne von *synchroner Vielfalt,* was sich prägnant in der lateinischen Sentenz „Suum cuique", oder auch: „De gustibus non est disputandum" ausdrückt.

1. Die eigene intellektuelle Entwicklung: Schön linear verlaufend von der strengen und lehrer(in)gegängelten Bahn während der Grundschulzeit, der allmählichen Entfaltung individualspezifischer Interessen im Verlaufe der gymnasialen Mittelstufe (wobei hier natürlich im heftigsten Konflikt mit hormongesteuerten fremdgeschlechtlichen Interessen stehend), über die allmähliche Sicherung der kognitiven - und immer noch an Vorbildern ausgerichteten - Orientierungen, welche sich während der familiären und beruflichen Lebensphase zugleich entfalten und verfestigen, bis hin zum... Tja, und da hakt es: Der Ruhestand, intendiert als finanziell gesicherter Freiraum für die eine oder andere Reise zusammen mit der Ehefrau, für Restaurantbesuche etc., also schlicht für Beweglichkeit und Lebensgenuss im (noch!) Vollbesitz seiner physischen wie psychischen Kräfte; verdient, so glaubt man, durch ein jahrzehntelanges uneingeschränktes berufliches wie privates 'Funktionieren' sowie einer hohen emotionalen Identifikation mit der Arbeit und dem Arbeitgeber, der Familie selbstverständlich auch, aber...

2. Die Ehefrau wird, pünktlich zum Eintritt in den Ruhestand, zum Pflegefall, und die Konsequenzen dieses Sachverhalts werden einem, langsam und allmählich einsickernd, dabei geradezu verdrängt und jedenfalls widerstrebend, erst langsam klar: Jetzt erst begreift man, dass intendierte Zukunftsperspektiven gefrieren und zerfallen.

3. Der „Freiheit von..." (z.B. allen bisherigen beruflichen Verpflichtungen) korrespondiert üblicherweise eine (allenfalls monetär beschränkte) „Freiheit zu...", nicht jedoch in meinem Fall: Statt der „Freiheit zu..." blickt einem eine Wand entgegen, von der man ganz sicher weiß, dass man keinerlei Chance gegen sie hat, was wiederum bewirkt: Resignation, Verzweiflung, Überlegungen, ob angesichts dieser Situation nicht das Nichtsein dem Sein vorzuziehen wäre. Aber selbst letzteren kann und darf man nicht folgen, solange die eigenen Eltern noch am Leben sind, denn sie haben schon einen Sohn verloren, da kann der andere Sohn nicht vorzeitig das Handtuch werfen, auch wenn er das vielleicht möchte, und das wiederum heißt: erneute Fremdbestimmtheit, der man unhintergehbar ausgesetzt ist.

4. Dass ein bis dato „glückliches und geglücktes Leben" innerhalb weniger Tage derart in sich zusammenfallen kann, dass man sagt, „ich wache morgens nicht mehr gerne auf" wegen der Perspektiv- und Freudlosigkeit der Tage sowie der daraus folgenden schwarzen Stimmung.

5. Eine mögliche Definition Gottes: Dasjenige Wesen, dem sämtliche Nachkommastellen von π bekannt sind (vid. Wittgenstein).

6. Es geht nicht mehr mit ihr, es geht nicht mehr ohne sie, denn sie kann nicht mehr alleine bleiben, ergo: Ein häusliches Gefängnis, in dem ich stecke.

7. Sehr viel Schönes und Interessantes hat sich erledigt und wird nicht wiederkommen, was nicht nur traurig, sondern auch sehr bedrückend und eigentlich sogar niederschmetternd ist.

8. Wenn es nicht nur diagnostisch, sondern auch perspektivisch 'vorbei' ist, hat man verloren. Punkt.

9. Globale Entwicklungen werden uns weiterhin kalt lassen, abgesehen von einer diffusen Zukunftsangst. Zwar berichten die Krankenkassen von einer Zunahme depressiver Erkrankungen, but: Not me! Die Selbstdestruktion der USA als Leitdemokratie der Welt und Schutzschirm Europas sowie unser hilfloses Zappeln angesichts dessen - who cares? Der Geltungs- und Expansionsanspruch autoritärer Regime wie Russland oder China - was hat das mit mir zu tun? Der Klimawandel als unabweisliche - und mittlerweile in wichtigen Punkten bereits unumkehrbare - Bedrohung unserer Zivilisationsstrukturen: Geschenkt, ich wohne weit weg von gefährdeten Gebieten. Die Überschuldung der Welt und jetzt auch Deutschlands - war da was? Den Karren global vor die Wand fahren - mein Verbrenner steht sicher in meiner Garage. Aber wehe, es versagen Lieferketten der täglichen Versorgung, wie zu Beginn der Coronapandemie: Toilettenpapier, Mehl,

Nudeln, Hefe... „*Ich zuerst!*" Oder beim Überfall der Russen auf die Ukraine: Sonnenblumenöl? „*Ich zuerst!*" Und wehe uns, wenn relevantere Versorgungsstrukturen versagen sollten, Energieversorgungs- und Kommunikationsstrukturen etwa (Strom, Internet): Wir ahnen bis heute nicht, wie brutal schnell daraufhin unser 'zivilisiertes Zusammenleben' zusammenbrechen und dem nackten, gewaltbereiten Egoismus weichen würde (vid. Hobbes, Schopenhauer); ein anarchischer und anarchistischer Zustand, dem unsere staatlichen Strukturen und Institutionen nahezu hilflos gegenüberstehen würden. Die Lösung? *Vernunftgeleitetes* Entscheiden und Handeln unabhängig von jeglichen eigennützigen und lobbyistischen Interessen, Wahrhaftigkeit, Glaubwürdigkeit und Weitsicht seitens aller politisch und ökonomisch Verantwortlichen... lol, träumt weiter!

10. Rätsel

Ich schwanke jährlich auf und ab,
Doch steige ich noch immer,
Und kriegt den Trend ihr nicht verkehrt
Entgeht der Not ihr nimmer.

Was für eine himmelschreiende Irreführung der Bevölkerung, dieser die *Reduktion der Zunahme* an CO_2-Emissionen bereits als „Erfolg" im Kampf gegen den Klimawandel zu verkaufen! Es gibt nur zwei Maßnahmen, die es erlauben würden, von einem *Erfolg* zu sprechen. Erstens der sofortige Stopp des weiteren Eintrags von CO_2 in die Atmosphäre, sprich: Von heute auf morgen dürfte weltweit kein einziges Gramm CO_2 mehr in die Atmosphäre freigesetzt werden. Und zweitens müsste dazu noch im großen Maßstab CO_2 aus der Luft abgeschieden und dauerhaft von der Atmosphäre ferngehalten werden (CCS-Technologie), bis der vorindustrielle Wert von knapp 300ppm wiederhergestellt ist. Es bedarf wohl keiner näheren Begründung, weshalb beides als schlicht illusorisch angesehen werden muss. Weshalb wir auch scheitern werden: Die *Keeling-Kurve* steigt weiter.

11. Was sich an Kleinigkeiten beim Ausstieg aus dem Berufsleben als Lehrer ändert, an die man zuvor nicht gedacht hat: Dass mit dem Wegfall der beruflichen Mailbox die Zahl der zu bearbeitenden Mails signifikant zurückgehen würde, wusste man ja, genauso wie man wusste, dass mit dem Eintritt in die Rente aus bisherigen jährlichen Steuererstattungen nun Steuernachzahlungen werden. Aber dass z.B. Füller, Geodreieck und Taschenrechner dauerhaft unbenutzt in der Schublade liegen würden, wer denkt denn an sowas? Auch dass man jetzt sehr viel weniger sprechen würde im Alltag, war klar, aber gleich ein solch umfängliches Verstummen, wo mehr Worte über WhatsApp gewechselt werden als von Angesicht zu Angesicht?

12. „Dienst nach Vorschrift", „innere Kündigung": In meinem Fall undenkbar, nicht nur wegen meines oftmals so anstrengenden Perfektionismus, sondern vor allem wegen der hohen Identifikation und der emotionalen Bindung an Arbeitgeber und Arbeitsplatz. Was, wenn diese Bindung, wie jetzt geschehen, aufgelöst wird, zu einer entsprechenden Wehmut führt, die allererst überwunden sein will.

13. „Ich bin frei, mir soll niemand wehren." Wenn man das doch von sich sagen könnte! Freilich, auch Gretchen spricht diesen Satz im Kerker aus.

14. Je kleiner der eigene Erlebens- und Sachverhaltsbereich im Alter wird, mit dem man sich beschäftigt, desto enger und rascher kreisen die Gedanken um dieses Wenige, das zudem noch von vorwiegend ängstigendem Charakter ist.

15. „Was hat Schönheit des Leibes, deren ganzes Maß ursprünglich [...] sinnliche Lust ist, und deren Zweck hier erreicht wird, mit Schönheit der Seele zu tun, die mit dieser Lust so sehr streitet?" (Lichtenberg III, S. 270) Lichtenbergs rhetorischer Feldzug wider die Physiognomie erscheint uns heute belächelnswert, und doch wäre zu fragen: Warum sind wir bis heute geneigt, einem schönen Menschen eher auch eine schöne Seele zuzuschreiben als einem weniger gefällig gestalteten? Woher diese Neigung zur Idee der *Kalokagathia*, der Verknüpfung des Schönen mit dem Guten? Spielt hier das physische Begehren mit hinein, von der Lichtenberg spricht („Lust")? „In einem schönen Leib wohnt eine schöne Seele gehört auch hierher." (Lichtenberg III, S. 279)

16. „Dass der Maler und der Dichter ihre Tugendhaften schön, und ihre Lasterhaften hässlich vorstellen, kommt nicht von einer durch Intuition erkannten notwendigen Verbindung dieser Eigenschaften her, sondern weil sie alsdann Liebe und Hass mit doppelter Kraft erwecken, wovon die eine den Menschen am Geist, die andere am Fleisch anfasst." (Lichtenberg III, S. 291)

17. (Bei Durchsicht meiner Dokumentenmappe:) Wir akademischen „Boomer" leben in Deutschland kollektiv in einer Art 'Schein-Existenz' (was sich freilich inzwischen für unsere „Gen Y"- und „Gen Z"-

Kids geändert hat, wie ich von meinen Töchtern weiß) - was heißt das? In meinem Falle war der erste bedeutende „Schein", der mir ausgestellt wurde, das Abiturzeugnis. Im Studium folgten dann viele Pflicht- und Wahlscheine in Germanistik, Physik und Philosophie, bis man alle notwendigen Scheine beieinander hatte, um sich zur Abschlussprüfung melden zu können und nach deren Bestehen wiederum einen „Schein" zu bekommen - das Zeugnis des Ersten Staatsexamens. Die Promotionsurkunde. Das Zeugnis des Zweiten Staatsexamens. Mit diesen „Scheinen" wurde mir sodann die Ausübung meines erlernten Berufs gestattet und wieder durch einen „Schein" bestätigt: der Arbeitsvertrag. (Und am Ende wird ein Totenschein ausgestellt - oder wird der dann nur noch digital auf dem Smartphone/Rechner verfügbar sein?)

18. Woher neue, frische, erfreuliche und angstverdrängende Gedanken nehmen? „Sich mit einem neuen Autor beschäftigen": Ja, aber „Sich-mit-einem-Autor-beschäftigen" hatte ich nun schon dutzendfach. „Ein neues Buch schreiben": Ja, das vorliegende, aber „Ein-Buch-schreiben" hatte ich jetzt auch schon exakt ein Dutzend mal. „Reisen, neue Menschen kennenlernen, Ausgehen": Schön und gut, aber was ist mit der pflegebedürftigen und schwerbehinderten Frau, die ich zuhause habe? Und selbst wenn: Käme man wirklich innerlich von dieser bedrückenden Situation los? Ich fürchte: Nein. Aber wie sagt schon Lichtenberg? „Unsere Seele ist ein Chamäleon, das mit jedem Augenblick seine Farbe verändert. Bald erscheint uns alles in schwarzer melancholischer Tracht, die Gedanken kriechen langsam und schwerfällig, wie Schnecken in den Gehirnkammern umher, allerlei hässliche Harpyien, Kummer, Schmerz, Misslaune usw. geraten in Bewegung und zwicken die armen Spiritus animales von einer Ecke des Sensorii in die andere..." (Lichtenberg III, S. 577)

19. „Man glaubt etwas Neues zu sagen und wiederholt sich, das arme Gefühl soll durchaus in Bewegung gesetzt werden und bleibt, ungeachtet von allen Seiten eingeheizt wird, so kalt wie ein Fisch." (Lichtenberg III, S. 579)

20. Die vorübergehende „Flucht" (eigentlich eher ein Erholungsaufenthalt) in imaginäre Welten, seien es - in meinem Fall - die Bilderwelten der Science Fiction-Serien oder die Wortwelten anderer Autoren, mit deren Leben und Werk man sich beschäftigt hat, war immer eine, deren Rückweg in die Realität ohne Schrecken war. Das hat sich geändert, und zwar wegen der gewandelten Realität, privat wie - global gesehen - als sog. „Zeitenwende".

21. Was für eine wunderbare Wendung für das, womit unser aller Leben endet, nämlich mit „steinernen Empfangsscheinen, die unser aller Mutter gegen vernagelte Kisten ausstellt, die man bei ihr deponiert" (Lichtenberg III, S. 743) - ein herrlicher Einfall, das!

22. Normal wäre, dass Gesprächsimpulse von beiden Partnern ausgehen, die da zusammenleben. Belebend. Nun aber: Der Zwang, selbst Gesprächsimpulse zu setzen,

die längst keine „Gespräche" mehr ergeben, sondern nur noch knappste Antworten, also letztlich in einem wechselseitigen
Verstummen münden. Wie lange erträgt
man das, also diesen Zwang, irgendetwas
anzusprechen, auf das sie zumindest noch
antworten kann?

23. Es ist nicht die aktual gegebene Situation am morgens von neuem 'gelebten'
Tag an, sondern die „Stand by" - Situation,
die einen als anstehende Bedrohung vor
allem nachts in wachliegenden Gedanken-
gängen aufsucht und zermürbt: Es *wird*
kommen, keine Frage, aber wann? Unvor-
hersehbar, daher unplanbar, daher... (Interessante Frage: Wie lange hält man dem
bei eigener physischer und psychischer
Gesundheit stand?)

24. Das vielleicht schlagendste Beispiel für
die Unsinnigkeit der Physiognomik wie der
Idee der *Kalokagathia*: Irma Grese.

25. Antike Frauen, die ich gerne einmal erlebt hätte: Sappho als Dichterin der lesbi-
schen Liebe, und Hypatia von Alexandria

als Verbindung von Weisheit und Schönheit (*kalokasophia*).

26. Der Satz: „Das ist lange her", ist in zweierlei Hinsicht schrecklich, nämlich erstens im Hinblick darauf, dass man ihn, je älter man wird, umso häufiger benutzt, was nichts anderes bedeutet, als dass ein Großteil des eigenen Lebens gelebt wurde, grammatisch also im Perfekt formuliert werden muss und die Sachverhalte, auf die dieser Satz rekurriert, mehrstenteils ihre Bedeutung und ihre Strahlkraft eingebüßt haben dürften. Und zweitens bringt er für denjenigen, der, auf einen entsprechenden Sachverhalt angesprochen, gezwungen ist, ihn zu benutzen, ein hohes *vanitas*-Potential mit sich, was grundsätzlich mit einem tiefen Gefühl der Trauer einhergeht.

27. „Der Text war [...] für ihn etwas geworden, das zwar geschrieben werden musste, aber nicht gelesen zu werden brauchte." (Safranski, Kafka 22) Das ließe sich auch von meinen Büchern sagen.

28. „Er bevorzugt eine Nähe, in der die Ferne gewahrt bleibt." (Safranski, Kafka 95) - Es fehlte ihm das „Wohlgefühl eines in jeder Hinsicht gehorchenden Körpers." (R. Safranski, Kafka 96)

29. „Der Ruhestand ist das staatlich subventionierte Experiment, ob ein Mensch ohne Daseinszweck, ohne gesellschaftliche Relevanz und mit reduziertem Einkommen trotzdem irgendwie nicht Amok läuft. Stattdessen gehst du halt in den Park, zählst Tauben, beschwerst dich über Jugendliche und entwickelst eine sexuelle Beziehung zu deinem Gartenstuhl. Die Gesellschaft nennt das Würde, wir nennen es die Warteschleife zur Urne." (auf YouTube gefunden)

30. Es gibt noch eine weitere Kurve (vid. 10.), die in den letzten Jahrzehnten nur *eine* Bewegungsrichtung kannte, die *Steigung*, und bei der ebenfalls nicht absehbar ist, dass diese Steigung durchbrochen werden könnte: die Kurve der globalen Verschuldung. Ja, glaubt man denn wirklich, dass das dauerhaft so weitergehen kann/

wird? Ist nicht auch hier der Zusammenbruch unserer bisherigen Lebensweise und
unseres Wirtschaftens über alle Verhält-
nisse absehbar?

31. Wir ahnen nicht, wieviel Ballast an negativen Erfahrungen, Verletzungen, Pein-
lichkeiten, Schamgefühlen etc. wir in unserem Unbewussten mit uns herumschlep-
pen, und wir tun gut daran, an diesen nicht
zu rühren, wenn sie sich ausnahmsweise
einmal ins Unterbewusste oder gar Be-
wusste hervorgearbeitet haben. Wer weiß,
ob diese Dinge nicht vielleicht sogar für unsere Stabilität notwendig sind, wenn wir
auf dem Fluss des Lebens dahintreiben?
Würden wir ohne diese Last nicht womög-
lich kentern?

32. (Sappho) „Eros hat mir durchgeschüt-
telt die Sinne, wie ein Sturm, wenn er im
Gebirge in die Eichen fährt. Du bist gekommen, veilchenbusiges Mädchen, hast es
mir gut gemacht, ich spürte nach dir Verlangen, meinem Herzen aber, das brannte
vor Begierde, hast du Kühlung verschafft. -
Und auf weichen Kissenlagern, zarten, hast

du dein Verlangen nach Mädchen ausge-
haucht."

33. Der Vorteil von Werken der bildenden
Künste: Sie sind innerhalb weniger Sekun-
den jedenfalls so rezipierbar, dass man
eine begründete Entscheidung darüber
treffen kann, ob es sich lohnt, sich näher
mit ihnen zu beschäftigen. Einem Musik-
stück wird man mehrere Minuten zubilli-
gen müssen, bis dieselbe Entscheidung ei-
nigermaßen gesichert möglich ist. Bei Literatur ist das zwar gattungsabhängig, aber
um ein Buch begründet anzunehmen oder
zu verwerfen, werde ich doch wohl etwas
mehr Zeit brauchen.

II. Warum fällt es uns so schwer, eine vereinheitlichte Feldtheorie der Quantengravitation zu finden?

Ein Desiderat der Physik ist die Entwicklung einer „Großen Vereinheitlichten Theorie" der starken, schwachen, elektromagnetischen und gravitativen Wechselwirkung, auch als „Theory of Everything" (TOE) bezeichnet; diese sollte die Allgemeine Relativitätstheorie als Theorie der gravitativen Wechselwirkung (ART) und das sog. Standardmodell der Quantenphysik (QP) in konsistenter Weise zusammenführen. Dass es eine solche vereinheitlichte Theorie geben muss, ergibt sich aus der Tatsache, dass die gravitativ miteinander wechselwirkenden Massen im gekrümmten 4-dimensionalen Raum-Zeit-Kontinuum der ART ihrerseits aus den durch die QP beschriebenen Elementarteilchen aufgebaut sind, welche diese Gravitation resp. Raumkrümmung hervorrufen.

Wie ART und QP eine neue Entwicklungs-
stufe der Physik bilden und die klassischen
Theorien (Mechanik, Thermodynamik,
Elektromagnetismus) einerseits über-
schreiten, andererseits aber auch als
Grenzfall in sich enthalten, so wird man er-
warten müssen, dass auch die TOE als eine
„neue Ebene" der Physik ART und QP über-
steigen, diese empirisch sehr gut bestätig-
ten Theorien aber wiederum als Grenzfall
mit umfassen müsste. Dieses analogisie-
rende Argument lässt sich jetzt auf drei
Ebenen der physikalischen Theoriebildung
anwenden, die vielleicht aufzuzeigen vermögen, warum es so schwierig ist, zu einem tragfähigen Ansatz für eine TOE zu
kommen - und auf welcher Ebene man
möglicherweise ansetzen müsste, um einen Zugang zu dieser „neuen Physik" zu
finden.

Erstens: Lassen sich die Theorien der klassischen Physik, etwa die Newtonsche Gravitationstheorie, noch mit beinahe ele-

mentarem mathematischen Handwerkszeug formulieren und berechnen, so fordert die ART (als Erweiterung der Newtonschen Gravitationstheorie) bereits die erheblich komplexere Mathematik der Tensoranalysis im Riemannschen Raum. Wenn also ein ähnlich großer Schritt in der Entwicklung der mathematischen Sprache von der ART zur TOE notwendig sein sollte wie von der klassischen zur relativistischen Physik und QP, dann haben wir möglicherweise diese Mathematik überhaupt erst in Ansätzen entwickelt und verstanden. Dies wäre der erste, allerdings wenig zielführende Weg zu einer TOE: Baue die Mathematik aus und schau, inwiefern und inwieweit sie sich auf die Realität unserer Welt abbilden lässt.

Zweitens: Wie ART und QP die klassische Physik als Grenzfall mit enthalten (v « c einerseits / h vernachlässigbar klein andererseits), so müsste auch die TOE ihrerseits ART und QP als Grenzfälle mit umfassen.

Das Problem dabei: Welche physikalische/-n Größe/-n einer TOE sollte/n das sein, die einer derartigen Grenzwertbetrachtung unterworfen werden müsste/-n? Hier allerdings gibt es eine zielführende Überlegung: Mit der Energie-Masse-Äquivalenz der ART und dem Welle-Teilchen-Dualismus der QP existieren zwei „Kernentitäten" der jeweiligen Theorie, die einen engen Zusammenhang untereinander aufweisen, wie er sich auch aus einer TOE ergeben müsste, soll sie ART und QP zusammenführen. Dies wäre der zweite Weg zur TOE: Konstruiere eine physikalische Größe, die bei einer Grenzwertbetrachtung in Richtung der bereits etablierten Theorien auf die Einstein-Gleichungen der ART und den vereinigten Welle-Teilchen-Charakter etwa der de Brogie-Beziehung führt.

Was für eine physikalische Größe das allerdings sein könnte, und welche Größe hier im Sinne eines Grenzwertes zu behandeln wäre, ist freilich unklar, aber ich möchte vorschlagen, in Richtung eines *erweiterten Energiebegriffs* zu suchen, denn mit der sog. Dunklen Materie und der Dunklen Energie (der Grenzwert ihrer Beschreibung in der TOE müsste dann ja z.B. in die Einsteinsche Äquivalenzgleichung $E = mc^2$ einmünden) liegen bereits erste empirische Hinweise auf die durch eine TOE jedenfalls mit zu beschreibenden Entitäten vor, für die wir zum jetzigen Zeitpunkt noch keine konsistente theoretische Beschreibung besitzen.

Drittens: das „Spielen" mit Dimensionsbetrachtungen. Es wurden die Gleichungen $E = mc^2$ und $\lambda = h/p$ erwähnt, beide verbinden physikalische Größen, die im Rahmen der klassischen Physik strikt voneinander getrennt behandelt wurden. Sollte also nicht auch die TOE Größen gleichungsmäßig miteinander verknüpfen, die im Rahmen der Physik des beginnenden 21. Jhs. als strikt voneinander unabhängig gedacht werden? Dies wäre der dritte Weg: Verknüpfe über reine Dimensionsbetrachtungen bisher voneinander unabhängig gedachte physikalische Größen der ART und der QP miteinander und schau, auf welche dieser neu geschaffenen Zusammenhänge es vielleicht schon erste experimentelle Hinweise gibt. Auch dieser Weg wäre offensichtlich zwar zunächst wenig zielführend, aber vielleicht darf man in diesem Falle auf eine gewisse richtungsweisende Intuition der Physiker beim Spielen hoffen?

Ein *viertes* - und letztes - Problem schließlich könnte sich nach Auffindung und Ausarbeitung der TOE ergeben: Werden wir sie mit unserem an mittlere Dimensionen angepassten Anschauungs- und Vorstellungsvermögen überhaupt verstehen können? Waren die Objekte, die durch die klassische Physik beschrieben werden, noch weitgehend problemlos in direkter Weise wahrnehmbar bzw. zu veranschaulichen und sprachlich zu fassen, so lassen sich schon die Objekte, die die moderne Physik beschreibt und die uns weitestgehend nur über den Einsatz technischer Hilfsmittel erreichbar sind, größtenteils nur noch metaphorisch vorstellen („Spin" als Rotationsbewegung, „Farbe" der Quarks, „Weiße Zwerge", „Schwarze Löcher" etc.).[4] Sollte also ein weiterer starker Abstraktionsschritt hin zur postmodernen Physik einer TOE notwendig sein, bestünde die Gefahr, die solcherart beschriebene „Welt" allein über den Formalismus der Theorie erfassen zu können und die dieser korrespondierende „Realität" als auf registrierte Messwerte reduziert zu erleben (sog. Instrumentalismus): „Vor mir verschließt sich die Natur" (Goethes Faust I, v. 1747).

---

[4] Dem gleichen Problem widmet sich ja zu Beginn des 20. Jhs. die Auseinandersetzung um die sog. „Kopenhagener Deutung" der QP – letztlich ein linguistisches Transferproblem.

34. Mögliches Klassifikationsschema sexueller Orientierungen: Wenn man ein sexuell bestimmtes Interesse an... hat, ist man...

Kindern vor der Geschlechtsreife - *pädophil* (intolerabel, therapiebedürftig)

Jugendlichen in der Pubertät - *parthophil*

etwa gleichaltrig-gleichgeschlechtlichen Menschen - *homophil* (homosexuell, schwul, lesbisch)

etwa gleichaltrig-gegengeschlechtlichen Menschen - *heterophil* (heterosexuell)

Menschen deutlich jüngeren Alters - *neoterophil*

Menschen deutlich höheren Alters - *gerontophil*

Wobei die Vorsilben „homo-" und „hetero-" jeweils davorgesetzt werden können, also z.B. „heteroneoterophil". Damit wären aber wohl nur die ersten drei Buchstaben der LGBTQ-Gemeinschaft erfasst - was ist mit den anderen? (Und dann gibt es ja auch noch die Gruppe der Asexuellen.)

35. Im Grunde ist es wie mit dem metaphorischen „Bau" in einem der letzten Texte Kafkas: Mit viel Akribie hat man sein Leben gestaltet, von Perfektionismus getrieben, ist um den Bau herumgeschlichen, hat sich in ihm eingerichtet, wohlgefällig, glaubte sich sicher - bis eines Tages plötzlich ein leises, kaum vernehmbares Zischen zu hören war. Man versucht zunächst, es zu verdrängen, man versucht sich einzureden, dass es bestimmt nichts zu bedeuten habe, schon gar nicht gefährlich sei - zwecklos, es bleibt ein Bedrohtheitsgefühl, das sich nicht mehr abschütteln lässt. Und diese Bedrohungen lassen sich benennen: die Ehefrau als Pflegefall, der nicht mehr ferne Tod der Eltern, die eigene Gesundheit etc.

36. Damit, uns ein Ich-Bewusstsein sowie ein Bewusstsein für den Ablauf der Zeit mitgegeben zu haben, hat uns die Evolution nicht unbedingt einen Gefallen getan.

37. „Und es neigen die Weisen / Oft am Ende zu Schönem sich" (F. Hölderlin)

Kann das Schöne auch auf die Schönheit junger Frauen beschränkt bleiben? Darf sie die Rezeption dieser so verstandenen Schönheit mit dem Empfinden einer Art wehmütigen Sehnsucht samt Entsagung verknüpfen? Ist das dann noch eine „weise" Auffassung des Schönen? Was ist davon zu halten, wenn ein alter Mann im Internet Bilder schöner Frauen sammelt? Stets gepaart, selbstverständlich, mit dem Bewusstsein der Nichtlebbarkeit, der Entsagung, der Askese, wie immer man das nennen will. Töricht, aber einem Bedürfnis folgend, das sich nicht abweisen lässt. Dass es ein Zeichen tiefer Einsamkeit ist, ist klar, aber ist das auch schon pathologischer Voyeurismus? Und ist es ein Zeichen von Weisheit, sich solche Fragen zu stellen? Auch der bereits 75-jährige Thomas Mann schreibt in seinem Tagebuch vom 6.8.1950 von seinem Enthusiasmus für den „unvergleichlichen, von nichts in der Welt übertroffenen Reiz männlicher Jugend" und berichtet von einer „Galerie" junger Männer, von denen er sich homoerotisch angezogen fühlte (Tagebuch vom 11.7. 1950 - da war er bereits 75 Jahre alt!). Warum soll ich, der 65-jährige, dann nicht vom 'unvergleichlichen, von nichts in der Welt übertroffenen Reiz weiblicher Jugend' mich angezogen fühlen und sie mir bildhaft aneignen, wenn es die technischen Voraussetzungen dafür in unserer heutigen Welt gibt? „Ich wurde nicht satt zu schauen, zwanghaft." (6.8.1950) - Auch Arno Schmidt hat bekanntermaßen sich die Bilder junger Frauen aus Versandhauskatalogen herausgeschnitten und sie als Vorbilder der Mädchenfiguren in seinen späten Typoskripten verwendet: Franziska, Suse, Ann'Ev, Julia, Eintausendeins. (Bei mir heißen sie dann eben Gundel, Selina, Johanna, Simone, E***.) Sind wir älteren Herren deswegen elende Voyeure? „Zweifellos ist mein Enthusiasmus für das

Jung-Männliche in letzter Zeit, vielleicht aus Torschluss-Gefühl, stürmisch gewachsen, mein Auge ungeheuer wach und schmerzlich-begierig für alle dergleichen Schönheit" (28.8.1950) - tja, und wenn man das „Jung-Männliche" durch ein „Jung-Weibliche" ersetzt, könnte das vermutlich ohne weiteres eine Tagebucheintragung meines eigenen künftigen 75-jährigen Ich sein.

38. (Im amerikanischen Exil:) Der von Thomas Mann zum 'Goethe-Ulrike-Moment' hochstilisierte Flirt mit dem „College-Girl" Cynthia. Peinliche Prahlerei damit, in Briefen wie im Tagebuch. Unangenehmste Selbstbeweihräucherung.

39. Auch was die Produktivität/Kreativität angeht, trocknet man allmählich aus: Ist mir früher, wenn ich irgendwo auf irgendwas/-wen im Auto sitzend für eine halbe Stunde oder so habe warten müssen, immer etwas an Text eingefallen, was zum in Arbeit befindlichen Buch passte und welchen ich mir selbst als Email geschrieben habe, um ihn dann zuhause am Rechner in die Buchdatei zu integrieren, so stockt es jetzt in einer Wartesituation, und oft kommt einfach gar nichts. Traurig, das.

40. Der merkwürdige Ausdruck von der „ästhetischen Scheußlichkeit des Zeugungsaktes" bei Thomas Mann. Sollte man nicht einfach dankbar und glücklich sein, sofern einem eine erfüllte Sexualität mit vielen PartnerInnen (je nach eigener Ausrichtung) vergönnt war/ist, im sicheren Vertrauen auf den eigenen Körper? Man muss darin ja nicht sein Genüge finden.

41. Es existieren stabile Lösungen des 3-Körper-Problems, d.h. Bahnen, die einen Planeten dauerhaft in der habitablen Zone halten. Erstaunlicherweise ist es mir gelungen, mein Leben über 65 Jahre hinweg stabil im Kräftefeld von Ehe, Familie und Beruf zu verorten, aber jetzt ist der Beruf weggefallen, und der Planet muss erst wieder zu einem neuen, stabilen Orbit um die beiden verbleibenden Sonnen finden. Ob das gelingt? Zweifelhaft. Um bei diesem Bild zu bleiben: War die Trajektorie bis vor kurzem noch stabil und berechenbar, waren damit auch zukünftige Zustände/Ereignisse festgelegt und bestimmbar, so hat sich das jetzt geändert: Wie es weitergeht, was auf mich zukommt - ich weiß es nicht, kann es nicht mehr absehen.

42. Rente + Versorgungszulage + Pflegegeld + mietfreies Wohnen = finanziell abgesicherte Perspektivlosigkeit.

43. Was mir immer klarer wird: Soziale Kontakte und Anregungen lassen sich *nicht* durch intellektuelle Beschäftigungen ersetzen bzw. kompensieren. Aber was tun, als extrem Introvertierter?

44. Faszinierend: Ruft man auf der Homepage von Wikipedia die Liste der Nobelpreisträger für Physik auf, so weiß man mit nahezu *jedem* Namen etwas anzufangen und die Bedeutung des/der Gewürdigten einzuschätzen. Was dann die Liste der Literatur-Nobelpreisträger angeht... oh je. (Ich muss mal meine ältere Tochter fragen, ob es ihr mit den Träger*innen - ihr ist 'gendern' wichtig - des Medizin-Nobelpreises geht wie mir, was den Physik-Nobelpreis betrifft.)

45. Kanonbildung: In den Naturwissenschaften sehr viel eindeutiger, da es hier ums *Erklären* geht, weshalb sich z.B. die Inhalte eines Physikstudiums zwischen den verschiedenen Universitäten kaum unterscheiden. Anders in den Geisteswissenschaften, wo das *Verstehen* im Mittelpunkt steht, weshalb sich z.B. die bekannten Listen der „100 Bücher", die man gelesen haben sollte, bis auf einen auf Übereinkunft basierenden 'festen Kern' denn doch unterscheiden. Auch sind solche Listen sicherlich zeitgenössischen Moden unterworfen - in der Physik undenkbar. Bemerkenswert auch die Bedeutung des Zeithorizonts: In den Naturwissenschaften dürfte es innerhalb weniger Jahre entscheidbar sein, wie wichtig eine gemachte Entdeckung für die jeweilige Disziplin ist und welcher Stellenwert dieser Entdeckung zukommt. In den Geisteswissenschaften ist das sicherlich nicht in gleicher Weise möglich, da hier ein hermeneutischer Konsensbildungsprozess zugrunde liegt, was dazu führt, dass man sich z.B. über die Bedeutung Goethes oder Kafkas für die deutsche Literatur (auch für die Weltliteratur, ja) einig ist. Was aber ist mit noch lebenden bzw. erst jüngst verstorbenen Literaten, Künstlern, Musikern? Ganz zu schweigen vom Bereich digitaler Hervorbringungen.

46. Wer man intellektuell 'ist', wurde (und wird) geprägt von dem, was man erfahren, erlebt, gelernt, gelesen, überhaupt sich angeeignet hat. Mit 65 Jahren ist der intellektuelle Charakter aber soweit ausgebildet, dass es zu einem ernsten Problem kommen kann: Womit seinen Horizont noch erweitern? Womit sich noch fruchtbringend beschäftigen?

47. Wie schade, dass ein derart begnadeter Autor wie Georges Perec („Das Leben. Gebrauchsanweisung") sich mal solch albernen Regeln wie dem Lipogramm der *Oulipo*-Bewegung unterworfen hat. „Spracherweiterung durch formale Zwänge": Gut und schön, aber dann doch bitte auf einem etwas anspruchsvolleren Niveau als dem der Vermeidung oder ausschließlichen Verwendung eines bestimmten Vokals - das ist schlicht albern. („Man beachte, dass dieser Aphorismus kein j,q, x,y enthält.")

48. Ein mäßiger Dauerfrost hatte schon längere Zeit über dem Fluss gelegen und das Wasser empfindlich abgekühlt, doch eines Tages schien die Temperatur mit jedem Tag noch ein bisschen weiter abzufallen, so dass bereits erste kleine Eisschollen sich auf der Oberfläche des ruhig dahinfließenden Wassers zeigten, welche, da es immer noch kälter und kälter wurde, schon bald zu massiven Blöcken von Eis angewachsen waren, welche das wenige noch flüssig-fließende Wasser kaum mehr vorwärts zu schieben vermochte. Nicht einmal mehr Wochen, wohl nur noch Tage, gar Stunden würde es dauern, bis das Wasser dem Eis erläge und seinerseits erstarrte, dem Wesen eines Flusses regungslos Hohn sprechend, harrend der wärmenden Befreiung.

49. Seltsames Gefühl der vagen Erinnerung, ein Buch erneut zu lesen, das man vor 39 Jahren (1986) erstmals gelesen hat (G. Perec: Das Leben. Gebrauchsanweisung). Weitere Bücher, die ich gern nochmal wieder lesen möchte, wären z.B. Ken Grimwood: Replay - Das zweite Spiel, Arno Schmidt: Die Schule der Atheisten, Douglas Adams: Die Anhalter-Trilogie, Cixin Liu: Die Trisolaris-Trilogie et al.

50. Was mir tatsächlich Tränen in die Augen treibt: Sich auf YouTube Konzertvideos aus Wacken ansehen... 14mal bin ich auf dem Wacken Open Air gewesen, von 2008 an (2020 und 2021 hat uns Corona dazwischengefunkt, 2023 wurde vielen von uns der Zugang wegen des durchgeweichten Geländes verwehrt), und ich weiß: Ich werde nie wieder hinkommen. Ich muss den 25.1.2025 buchstäblich als den Zusammenbruch meiner bisherigen Existenz betrachten.

51. Bücher sind Wortsärge, Bibliotheken riesige Textfriedhöfe. Sprache als Mittel der Mumifizierung von Denk- und Empfindungsinhalten. Der Autor als Totengräber von Geschichten. Jedes Titelblatt ein Grabmal. Natürlich gibt es Ausnahmen: Bücher, die über die Jahrzehnte oder gar Jahrhunderte hinweg immer wieder neu gelesen werden, die sog. „Klassiker" eben. Aber: Von wieviel Prozent aller potentiellen Leser werden sie *tatsächlich* gelesen? Und: Welcher Prozentsatz *aller* jemals veröffentlichten Titel erreicht diesen Status?

52. Was ich am meisten vermisse: Das „Ewig-Weibliche", das uns bekanntlich „hinanzieht". So bleiben nur kurze Small-Talks mit den Kassiererinnen beim EDEKA. Und die (jugendfreien) Internet-Pics.

53. Der Beruf war ja auch immer „Taktgeber" und damit Antrieb des eigenen Lebens: Schule - Ferien - Schule - Ferien - Schule... Dieser Taktgeber ist entfallen, und die eigene Existenz entpuppt sich als gedämpfte Schwingung, die zunehmend in der Veränderungslosigkeit erstarrt. Veränderung wäre ja möglich, handelte man unabhängig und nur für sich. Aber mit einer kranken Ehefrau an der Seite...

54. Wenn die nächtlichen Träume erlebnisreicher, intensiver und lebendiger sind als der gelebte Alltag, dann hast du ein Problem.

55. Der Gipfel der Bequemlichkeit: Wenn man gleichzeitig auf der linken *und* rechten

Seite schlafen/dösen könnte. (Und nein: Bauch- oder Rückenlage ersetzt das nicht.)

56. Du kratzt von innen gegen die papierdünnen Wände deines Kokons, nicht um in großartig verwandelter Weise aus ihm zu entschlüpfen, sondern um dich seiner beschränkenden Existenz zu vergewissern.

57. Die Aussage ist ebenso simpel wie einleuchtend: Was vermittelt die gravitative Wechselwirkung zwischen Himmelskörpern? Der *Raum* selbst, denn etwas anderes befindet sich nicht zwischen Monden, Planeten und Sternen, schon gar kein „Äther". Und da es um den Raum selbst geht, und nicht um etwas 'in' ihm Befindliches, muss seine Vermittlung der gravitativen Wechselwirkung *geometrisch* und in (mindestens) vier Dimensionen beschrieben werden - nichts anderes tut die ART. Nun wirkt die Gravitation zwischen Massen, und das heißt gemäß der genugsam bekannten Gleichung $E = m \cdot c^2$ zwischen abgegrenzten Raumbereichen (Volumina) hoch verdichteter *Energie*. Nach der QT tritt Energie aber stets in *gequantelter* Form auf, während die ART die Raumzeit als *Kontinuum* beschreibt: Wie das? Nun, die Quantisierung der Raumzeit findet auf der sog. „Planck-Skala" statt (Planck-Länge: l_P = 1,62 · 10^{-35} m), der Radius des Universums beträgt ca. 45,6 Lichtjahre, d.i. 4,3 · 10^{26} m, das bedeutet: Die konsistente Verknüpfung von QT und ART - also von Quantelung und Kontinuum - muss die schier unvorstellbare Spanne der Größenordnung 10^{61} überbrücken. Oder, anders formuliert: Wird ein 'Quantenschaum', um den Faktor 10^{61} vergrößert, nicht wie ein glattes Kontinuum aussehen? Und ein glattes Kontinuum, um den Faktor 10^{61} verkleinert, nicht wie eine gequantelte Entität? Und da wundern wir uns, warum es uns so schwer fällt, QT und RT miteinander in einer konsistenten - auch mathematisch konsistenten - TOE zu vereinigen?

58. Es macht einen Unterschied, ob man seinen Döner aus der Hand oder mit Besteck von einem Teller isst. Man imaginiere sich beide Szenarien, so wird man wissen, wovon ich rede.

59. Evolutionsbiologisch gesehen war unsere genetische Entwicklung sicherlich geprägt von demjenigen treibenden Faktor, den Darwin den „Kampf ums Überleben" genannt hat. Vorausgesetzt, dass auch heute noch jedem Individuum dieser Trieb der Erhaltung der eigenen Existenz („Dasein") als primäres Movens innewohnt - zudem auf den eigenen Nachwuchs ausgedehnt -, muss er sich natürlich im Rahmen unserer modernen Gesellschaftsstrukturen modifiziert darstellen, und zwar *finanziell* differenziert, allerdings mit der „Überlebensgarantie" der Sozialsysteme.

60. Eine Metapher, die das Leben ebenfalls treffend beschreibt, ist der Gravitationstrichter (auch Spendentrichter): Würde die Kugel (die Münze) reibungsfrei rollen, hät-

ten wir die ewige Jugend, da es keine An-
näherung an die Trichtermündung gäbe.
Nun verläuft das Leben nicht reibungsfrei,
also nähert es sich auf einer (mehr oder
weniger engen) Spiralbahn der Trichtermündung allmählich an, dabei an Ge-
schwindigkeit zunehmend, was zum Zeit-
empfinden des alternden Menschen gut
passt. Zunächst, in jungen Jahren, ist man
vom Zentrum noch weit weg, das Leben
fühlt sich nahezu frei und ungebunden an,
man hat Zeit für vieles. Je näher allerdings
man der Trichtermündung kommt, desto
stärker macht sich das Bewusstsein der eigenen Endlichkeit bemerkbar, die Zeit ver-
geht immer schneller, der Möglichkeits-
spielraum engt sich immer weiter ein, der
Gedanke an das Verschwinden hinter dem
Ereignishorizont, aus dem keine Fluchtge-
schwindigkeit je wieder herausführen
wird, lässt sich nicht mehr abschütteln.

61. Dieses Bild lässt sich auch noch in einer
weiteren Hinsicht anwenden: Dem unent-

rinnbaren Kreisen der Gedanken um das 'schwarze Loch' der eigenen Ängste und Befürchtungen, aus deren Bannkreis man nicht entrinnt und die einen immer stärkeren Einfluss auf das Denken und Empfinden haben, je älter man wird. Die Unmöglichkeit, die 'Gedankenkugel' wieder weiter nach außen zu ziehen: Welche Kraft sollte das leisten können? (Der religiöse Mensch hätte auf diese Frage allerdings eine Antwort.)

62. Und ob man es nicht auch auf das Sich-Verlieben anwenden kann? Im Bannkreis der Attraktivität der anderen Person, zu der man sich hingezogen fühlt? (Obwohl... Man ist immer in der Gefahr, weggeschleudert zu werden, also nein.)

63. Es ist unübersehbar, dass wir in eine historische Phase eingetreten sind, in der das politische Modell der sog. „freiheitlich-demokratischen Grundordnung" in eine Krise geraten ist, die ihre Ursachen nicht nur in außenpolitischen Entwicklungen hat, sondern ebenso aus der Mitte des Systems selbst entspringt, wenn man sich die zur Kompromissunfähigkeit führenden Verhärtungen in Ländern mit Mehrheitswahlrecht (so in Großbritannien 'Tories vs. Labour', in den USA 'Republikaner vs. Demokraten') und die Zersplitterung der Parteienlandschaft in Ländern mit Verhältniswahlrecht (so z.B. fast alle europäischen Staaten) ansieht. Die Reformierung dieser mittlerweile dysfunktional werdenden Systeme scheitert wiederum an den schwerwiegenden politischen Fehlern der Vergangenheit, als man das Einstimmigkeitsprinzip und das Vetorecht zuließ (UNO, EU, NATO).

64. Es ist mir unverständlich, weshalb es die Menschen möglichst früh („Rente ab 63") in den Ruhestand drängt: Haben die denn alle so anstrengende oder gesundheitsgefährdende Jobs, aus denen sie unbedingt beizeiten 'raus müssen? Sehen die denn unbesorgt der Diskrepanz von „garantierten 48% Rentenniveau", aber „100% Miete, Nebenkosten, Steuern, Kranken- und Pflegeversicherung" entgegen? Ist denen klar, dass die Verankerung in einer Berufstätigkeit die letzte Haltelinie war vor dem „Dasein zum Tode"? Wissen die, dass „Zeit zu haben" auch ein Fluch sein kann?

65. Nachts Sehnsuchtsbilder der Vergangenheit („eng aneinandergeschmiegt betrachteten wir…"). Dann Einbruch des Gegenwartsbewusstseins, schmerzhaft-ernüchternd.

66. Meine Scheu vor Kliniken, Arztpraxen, Apotheken: Sie gemahnen allzu sehr an die eigene Fragilität.

III. Zur gesellschaftlichen Ächtung der Pornografie

Der dem Menschen im Verlaufe seiner genetischen Evolution eingeprägte *Sexualtrieb* ist in höchstem Maße überlebensrelevant für die Gattung, was für den *Aggressionstrieb* nicht im selben Ausmaß gilt, da dieser per se auch (selbst-)zerstörerische Tendenzen aufweist. Die kulturelle Evolution des Menschen hat diese beiden im Verlaufe der genetischen Evolution erworbenen Triebe sublimiert: *Liebe* und *Tod* sind sicherlich so etwas wie 'anthropologische Grundkonstanten', um welche menschliche Dichtung und Kunst als Motiv fundamentaler Auseinandersetzung des Menschen mit sich selbst immer wieder kreist. Formulieren wir es anders: Der Sexualtrieb gilt uns als in höchstem Maße natürlich, der Aggressionstrieb als widernatürliche (Selbst-)Gefährdung des Lebens in seiner Intaktheit. *Pornografie stellt nur dar, was als natürliches Wesensmerkmal* des Menschen, als Gewährleistung seines Überlebens und damit als selbstverständliches Element seiner Lebensvollzüge gelten darf, wohingegen z.B. der Gewaltfilm die Bedrohtheit dieses Lebens, ja seine qualvolle Auslöschung selbst zum Gegenstand seiner Darstellung macht und damit dem lebensfeindlichen Pol des Todes zuzuordnen ist (Freuds *Libido* und *Destrudo*). Der Darstellung des Selbstgenusses des Lebens und seiner Weitergabe gewidmet, darf die Pornografie einen grundlegenden Wandel der gesellschaftlichen Einstellung ihr gegenüber einfordern.

Reden wir einem uneingeschränkten Zugang zur Pornografie z.B. auch Jugendlicher das Wort? Nein, natürlich nicht, und wir glauben auch nicht, dass eine solche Folgerung sich aus der obigen These ableiten lässt, setzt doch die vertretbare Nutzung bestimmter kultureller Konsumgüter die Reflexion, das Nachdenken über die möglichen (Aus-)Wirkungen solcher Güter und damit eine entwickelte Vernunfttätigkeit voraus. Der Genuss von Alkohol, die Erziehung von Kindern, das Führen eines KFZ, um nur drei sehr unterschiedliche Beispiele zu nennen, sind akzeptierte Bestandteile unserer Lebenskultur, und dennoch verweigern wir Kindern und Jugendlichen mit gutem Grund einen verfrühten Zugang zu ihnen. - Nein, die Folgerung, die wir ziehen möchten, muss vielmehr sein, Pornografie in ihren nicht strafbaren Formen (welche das sein dürfen wäre das Ergebnis eines breit zu führenden diskursiven Konsensfindungsprozesses) als selbstverständlichen Bestandteil der Unterhaltungsindustrie wahrzunehmen und den gezeigten (oder auch literarisch beschriebenen) Vollzug von Sexualität als etwas Natürliches, dem Menschen essentiell Zugehöriges zu begreifen, das der der christlichen Tradition unserer Kultur und der dieser potentiell innewohnenden Sinnenfeindlichkeit geschuldeten Stigmatisierung und ethischen Verwerfung zu entziehen wäre.

(Nur nebenbei bemerkt: Der Bibel selbst, und hier vor allem dem Alten Testament, sind Gewaltdarstellungen nicht fremd; da wir hier aber einer Verteidigung der Pornografie das Wort reden, sei nur auf das Buch der Richter, 19. Kapitel, Vers 19 - 29 verwiesen. Den hier geschilderten Vorgängen wird im Kontext dieses Kapitels *keinerlei* kritische Distanzierung oder gar Verurteilung zuteil, was unglaublich ist angesichts der hier beschriebenen Abscheulichkeit. Harte Pornografie ist über diese Passage des „Buches der Bücher" - es gibt weitere - also schon längst Element unserer kulturellen Überlieferung.)

Wenn wir ein entkrampfteres, bejahendes Verhältnis der Gesellschaft zur Pornografie fordern, so wäre zu diskutieren, ob der Konsum von Pornografie beim Einzelnen denn ein entspannteres Verhältnis zur Sexualität bewirkt? Das Rezipieren von pornografischem Film-, Bild- oder Textmaterial wird im Allgemeinen als Ausdruck des Mangels eines Einzelnen an erfüllter realer physischer Sexualität gesehen, wobei man grob von drei Konsumentengruppen (wohl vorwiegend männlich) sprechen kann: 1) Die *gemeinschaftliche* Nutzung von Pornografie durch Sexualpartner zur Anregung und Bereicherung ihrer physischen Sexualität; 2) Die Nutzung von Pornografie durch nur einen der Partner *neben* einer existierenden Beziehung, wobei diese Nutzung dann in den allermeisten Fällen vor dem Partner verborgen bleiben dürfte; 3) Die Nutzung pornografischen Materials durch ein *partnerloses* Individuum (wobei in allen drei Fällen uns eine hetero- oder homosexuellen Ausrichtung gleich viel gilt).

Abhängig von der Art des konsumierten Mediums (erotische Texte, Magazine oder Filme) wird der dargestellte Körper in seiner sexuellen Interaktion auf das abstrahierende Wort, seine bloß optische Erscheinungsform oder seine optisch und akustisch wahrnehmbare Interaktion reduziert - das wesentliche Element des *Haptischen* (auch: olfaktorisch-gestatorischen), welches real gelebte Sexualität begleitet, bleibt ausgespart und dem betrachteten pornografischen Material fremd, erfährt jedoch seine Ergänzung durch die sexuelle Handlung des eigenen Leibes, welche zu stimulieren ja intendiertes Ziel der Pornografie ist. Der abstrahierten Körperpräsentation des Materials korrespondiert so die authentische Wahrnehmung der eigenen Körperlichkeit, wobei ein wechselseitiger *Transfer* stattzufinden scheint: Die im Material zur Schau gestellte sexuelle Lust und schließliche Befriedigung wird durch die sexuelle Handlung auf den eigenen Leib transferiert, die eigene physische Lust- und Befriedigungserfahrung wiederum dem betrachteten Material eingeschrieben, das damit seines *Scheincharakters* der semiprofessionellen Vorführung von Lust entkleidet wird - glaubhaft wiederzugeben ist nur der Orgasmus des Mannes bei der sichtbar vorgeführten Ejakulation, während das Vor- und Beigeschehen Lust in den meisten Fällen bloß 'vorspielen' dürfte, was dem Charakter des Herstellens von pornografischem Material als (unterhaltungs-)industrielles Produkt, als „Job" geschuldet ist („Es geht um Sex, nicht um Liebe").

Dieser wechselseitige Bezug aufeinander in einer sexuellen Interaktion zwischen dem Konsumenten und dem pornografischen Produkt ist aber gerade das, was auch im realen Liebesakt zwischen zwei Subjekten sich vollzieht: Für den Nutzer wird das pornografische Material *selbst* zum Referenzobjekt seiner Sexualität, welches als „Ersatz" für einen mangelnden realen Partner abzuwerten lediglich vom Konsumenten selbst so empfunden werden könnte, nicht aber objektiv ausgesagt werden kann - die solcherart erlebte sexuelle Befriedigung mag durchaus vom Einzelnen als erfüllt empfunden werden. Die pornografische Darstellung wird als vom Betrachter beliebig manipulierbares Objekt genutzt (d.h. welche sexuellen Praktiken und Darsteller der Nutzer wählt, hängt allein von seinen Vorlieben und der markttechnischen Verfügbarkeit ab); hieraus möchten wir zwei weitere Thesen ableiten, die uns wichtig scheinen im Hinblick auf eine angemessene Neubewertung der Pornografie: 1) Der pornografische Film ist in diesem Sinne frei verfügbares Mittel zum Zwecke der Herbeiführung der eigenen sexuellen Befriedigung und wird damit *strukturell gleich behandelt* wie die Frau als Objekt zur Befriedigung des Mannes im Film selbst, wie oben bereits ausgeführt wurde. 2) Die Nutzung von Pornografie zur Erlangung der eigenen Befriedigung sollte aus den o.g. Gründen als eine *eigenständige dritte sexuelle Ausrichtung neben der hetero- und homosexuellen Orientierung* angesehen werden, woraus zu folgern wäre, dass diese dritte Form gelebter

Sexualität ebenso wenig gesellschaftlich stigmatisiert werden dürfte wie die beiden sozial etablierten Formen. Ebenso wie die Akzeptanz homoerotischer Neigungen in den vergangenen Jahrzehnten als gesellschaftliche Errungenschaft gesehen werden muss, muss auch der Pornokonsument in den Kreis des gesellschaftlich Tolerierten hereingeholt werden. U.E. wäre dies ohnehin nur ein Nachvollzug schon längst in Gang gekommener realer Veränderungen medialer Nutzungsprozesse: Websites mit pornografischem Bezug gehören zu den meist aufgerufenen des Internets („we innovate, you masturbate"). Auch zeigt schon der Blick zurück in die Geschichte des Mediums Film das Voyeuristische des Erotischen, die Schau-Lust des Menschlichen, die frühe Entstehung des 'Erotischen Films' als Genre an der Grenze zum Pornografischen Anfang der 20'er Jahre nach der Aufhebung der während des Wilhelminischen Reiches ausgeübten Zensur.

Wir glauben damit begründet zu haben, weshalb wir einer 'sozialen Umwertung' des pornografischen Konsums das Wort reden, diese aber in die Grenzen gesellschaftlich tolerierbarer Formen einschließen möchten, womit sich der Kreis zum Beginn dieses Essays schließt: Kinderpornografie, Sodomie, erzwungene sexuelle Handlungen etc. sind stets mit *Gewaltausübung* gegenüber Minderjährigen, Mitgeschöpfen, Mitmenschen verbunden und gehören somit gesellschaftlich geächtet und verfolgt; Konsumenten derartiger Formen von Pornografie sind u.E. als therapiebedürftig anzusehen. Wo aber der Vollzug sexueller Handlungen, sei es in der Lebensrealität, sei es im Film, auf Einverständnis und freier Entscheidung beruht, ist nicht einzusehen, weshalb der Konsum solcher Medienprodukte immer noch gesellschaftlich stigmatisiert wird, denn längst „ist auch die Masturbation aus der pathologisierten Peripherie in die (marktorientierte) gesellschaftliche Mitte gerückt" (Svenja Flaßpöhler, Der Wille zur Lust).

67. Trotz der 13 bisher von mir geschriebenen und veröffentlichten Bücher würde ich mich selbst nicht als „Autor" oder „Schriftsteller" bezeichnen: Das Schreiben ist ein schönes und interessantes Hobby für mich, mehr nicht. Wann aber ist man „Schriftsteller"? Gehört dazu, dass man in einem Verlag publiziert statt im *Self-publishing*-Verfahren? Ist man „Schriftsteller", wenn man von anderen (wie vielen?) als solcher anerkannt wird? Oder ist das einfach eine Frage des Selbstverständnisses? Ist eine Person, deren Werke sich 'ausstellungslos' zuhause stapeln, schon ein/e „KünstlerIn"? Ist jemand, der 'followerlos' im Web Kurzvideos auf Social-Media-Kanälen hochlädt, bereits „InfluencerIn"?

68. Dieser „Letztmalig-Blick", der sich auf viele Dinge einstellt: „Dieses Buch werde ich wohl nie wieder lesen." „Diesen Ort werde ich wohl nie wieder besuchen." „Diesem Menschen werde ich wohl nie wieder begegnen." Und so weiter, in Abgrenzung zum „Vormalig-Blick" früherer Jahre und der aus ihm heraus gestalteten privaten Lebensumgebung, die nunmehr mumifizierend wirkt.

69. Formulierungen, die ich in Lehrbüchern der Theoretischen Physik (z.B. Landau/Lifschitz) immer gehasst habe: „Bekanntlich gilt…", „Wie man leicht sieht…", „Man kann zeigen, dass…", „Man leite sich her, dass gilt: …", „Es gilt offensichtlich…", „Man überzeugt sich leicht davon, dass…" u.ä. - An solchen Stellen wurde einem schnell klar, dass man die Sache noch keineswegs soweit verstanden hatte, wie es eigentlich notwendig gewesen wäre.

70. Interessanterweise ist die Theologie ähnlich dogmatisch konzipiert wie die Mathematik, nur dass erstere ihren Dogmatismus m.E. allein im psychologisch-soziologischen Geltungsbereich beanspruchen darf, letztere dagegen im ontologisch-epistemologischen Bereich (im Verbund mit der Physik). Wobei noch lange nicht entschieden ist: Welcher Bereich ist relevanter für unsere menschliche Existenz?

71. Ich wache nicht mehr gerne auf: Der Ring an Ängsten und Befürchtungen verdichtet sich, zieht sich enger um mich zusammen, jederzeit zum tatsächlichen Eintreten bereit. Das war früher zwar nicht anders, das Sorgenbereitende unterschied sich jedoch vom heutigen, auch hatte der Ring noch einen größeren Radius, aber man war abgelenkter, nicht so stark auf sich selbst zurückgeworfen, wie jetzt.

72. Man achtet schon lange nicht mehr darauf, nimmt bewusst nur die ersten beiden Nachkommastellen wahr, vergleicht, und dann tankt man, oder man wartet noch ab. Richtet man seine Aufmerksamkeit jedoch bewusst auf die kleine hochgestellte „9", die den Literpreis Benzin bzw. Diesel auf den Zehntelcent(!) genau bestimmt, merkt man schnell, was das für ein lächerlicher Unsinn ist: Ich habe in den letzten Jahrzehnten nie erlebt, dass dort einmal eine andere Zahl als die „9" gestanden hätte - schon von daher ist diese Angabe schlicht obsolet - und zum anderen würde eine solche Angabe allenfalls bei einem Schwellenpreis Sinn machen, also damals, als der Literpreis von 99 Pfennig auf 1 D-Mark zu springen drohte. Aber „1,78^9€", oder „1,84^9€" als Schwellenpreis? Nicht wirklich. (Ähnlich natürlich bei Supermarktpreisen, die auf „Komma 99" Cent enden, doch hier leuchtet der psychologische Faktor noch eher ein.)

73. Interessant: Ab welchem Zeitpunkt in der Menschheitsgeschichte wurde die 'Steigerung des Lebensstandards' - die längst auf den Pfad zur Selbstauslöschung des Menschen eingebogen ist - zum bestimmenden Paradigma gegenüber dem bloßen Überlebensmodus? Die Wachstumsideologie ist wohl bereits seit dem Beginn der sog. „Industriellen Revolution" zum Suizidprogramm der Menschheit geworden.

74. Wenn man aufgefordert würde, auf einen bestimmten Tag seines Lebens zu schwören, welchen würde man wählen? Den Tag der Geburt? der Eheschließung? der Vaterwerdung? „Ich schwöre auf das Ablaufdatum meiner Kreditkarte, dass ich ..."

75. Autor und Leser sind wie zwei Stimmgabeln: Nur wenn ihre Eigenfrequenz übereinstimmt, kommt es zur Resonanz. (Oder zumindest 'nahezu' übereinstimmt, wo es dann zur Schwebung kommt.)

76. Merkwürdige Inkonsequenz der Frauen: Unterhalb des Halses wird alles wegrasiert, Achselhöhlen, Intimbereich, Beine. Warum dann nicht auch alles oberhalb des Halses, also Wimpern, Augenbrauen, Kopfhaar?

77. Ich bin doch froh, mein erstes Smartphone erst im Alter von 61 Jahren bekommen zu haben: Zum einen geschah das aus Gründen beruflicher Notwendigkeit

(„Zwei-Faktor-Authentifizierung"), zweitens aber auch wegen der erwünschten sehr viel flexibleren und spontaneren Kommunikation mit meinen Töchtern über WhatsApp (statt per Telefon oder Email); dann aber auch, weil - drittens - ich so erst relativ spät mit den negativen Auswirkungen dieses Geräts in Kontakt kam: ein Zeitfresser, und das, obwohl ich weder TikTok, Instagram, SnapChat, Tinder oder sonstigen SocialMedia-Tüddelkram nutze. Wohl aber YouTube. Und wenn ich sehe, was das Smartphone mit der Konzentrations- und Aufmerksamkeitsspanne bei Kindern und Jugendlichen macht, oder wenn ich mitkriege, welche Auswirkungen die Anonymität des Internet auf Wahrheitsliebe, Respekt und Toleranz hat... („Dann leg's doch einfach weg!")

78. Dass man, nachts wach liegend, schwere Gedanken wälzt („nachts sind alle Katzen grau"), ist ja früher auch schon vorgekommen, aber dann haben sich diese

Gedanken bei Tage doch aufgehellt und relativiert. Das ist jetzt nicht mehr so: sie bleiben schwer, auch tagsüber.

79. Beliebige Verfügbarkeit entwertet.

80. Das Lesen von Biografien, dieses Eintauchen in das Leben anderer, hat etwas zugleich Tröstliches und von sich selbst Ablenkendes. Da man hierfür eigentlich immer sich Personen aussucht, zu denen eine gewisse Affinität besteht (ansonsten wären sie für einen ja von keinerlei Interesse), bedeutet die Lektüre ihrer Biografie ein seltsames Gemisch von Identifikation und Ablenkung, von Zugewinn und Distanzierung. (Ob man allein aus der Liste von Namen, deren Biografien jemand gelesen hätte, Rückschlüsse auf dessen Persönlichkeit ziehen könnte?)

81. Lebensfreude, Zuversicht, Verliebtheit, „Freupunkte" - all das ist aus meinem Leben verschwunden und einer gleichbleibend lau temperierten Bangigkeit gewichen, einer diffusen Empfindung von Besorgnis, die sich phasenweise zur Angst steigern kann.

82. Es gibt einen „Schein", von dem ich jetzt, im Nachhinein, bedauere, ihn an der Uni Kiel nicht gemacht zu haben: Den Leistungsnachweis zu einem Proseminar „Einführung in das Mittelniederdeutsche". Er hätte meine erworbenen Scheine zum Althochdeutschen, Altsächsischen und Mittelhochdeutschen wunderbar komplettiert. Schade. (Das Frühneuhochdeutsche hat mich nie in gleicher Weise interessiert, da schon 'zu nah dran' am Neuhochdeutschen. Und Plattdeutsch spreche ich selbst vom Elternhaus her.)

83.
Habe nun, ach! Germanistik,
Physik und Philosophie,
(Und leider auch mal ein Semester Theologie...)
Durchaus studiert, mit zähem Bemüh'n.
Da steh' ich nun, ich armer Tor,
Ein bisschen klüger als zuvor;

Heiße Lehrer, heiße Doktor gar,
Und zog für über dreißig Jahr,
Herauf, herab und quer und krumm,
Meine Schüler an der Nase herum -
Und sehe, dass wir kaum was wissen kön-
nen!
Das will mir schier das Hirn verbrennen.
Zwar bin ich gescheiter als all die Laffen,
Doktoren, Master, Bachelor und Affen;
Mich plagen weder Triebe noch Zweifel.
Fürchte mich weder vor Frauen noch Teu-
fel -
Doch dafür ist mir alle Freud' entrissen,
Bilde mit nicht ein was Echt's zu wissen,
Bilde mir nicht ein ich könnte was lehren,
Die Schüler zu bessern und zu bekehren.
Auch hab' ich knappes Gut und Geld,
Und kaum viel Ehre in der Welt,
Es möcht' kein Mensch so länger leben!
Drum hab' ich mich dem Schreiben über-
geben,
Ob mir durch Wortes Kraft und Stund',
Nicht manches Büchlein werde kund;
Dass ich nicht mehr, mit saurem Schweiß,
Zu suchen brauch' was ich nicht weiß;
Dass ich verstehe was die Welt
Im Ganzen so zusammenhält,

Schau' aller Kräfte Wirkungsrahmen,
Und tu' nicht mehr in Phrasen kramen!

84. Wenn an Freuds Traumdeutung irgendwas dran ist, dann habe ich jedenfalls ein Problem mit meinem ehemaligen Arbeitsplatz Schule und mit jungen Frauen von attraktiver äußerer Erscheinung. Was für ein Problem das jeweils ist, lässt sich leicht denken. Und beides hat mit einer Verlusterfahrung zu tun.

85. Dat kann nich immer alles eenfach so wiedergahn, dat kümmt denn ock mal anners, und meist anners, as man denkt. Und beeter ward dat ock nich.

86. Man kann natürlich bei der Atomhülle stehenbleiben und Chemiker werden. Man kann aber auch zum Kern der Sache vordringen und Physiker werden.

87. Was den Titel „Familienoberhaupt" angeht, so hat dieser was von Erbmonarchie und Papsttum zugleich: In diese Position wird man nämlich nicht gewählt, sondern hineingeboren, zudem behält man diese Position bis zum Tod inne. Wer ist unser Familienoberhaupt? Mein Vater. Wer wird ihn nach seinem Tod in dieser Rolle ablösen? Ich. Ist diese Rolle bedeutsam? In einer so traditionell orientierten Gemeinschaft wie der auf Föhr: ja. Und ähnlich wie in Erbmonarchien gibt es einzig und allein zwei Wege, dazuzugehören: Man wird in die Familie *hineingeboren*, oder man *heiratet* in die Familie hinein; „Freund/in" oder „Verlobte/r" zu sein genügt da nicht. Man missverstehe diese Rolle aber bitte nicht als patriarchalisch! Wäre meine Mutter nicht schwerst dement, träte selbstverständlich *sie* nach dem Tod meines Vaters in diese Rolle ein, ebenso wie eine ältere Schwester von mir diese Funktion nach dem Tod unserer Eltern ausfüllen würde, die ich - als Erstgeborener - aber nun einmal nicht habe.

88. Die Übergriffigkeit unseres Steuersystems: Ich muss eine „Grunderwerbssteuer" für etwas bezahlen, auf das ich nachher laufend eine „Grundsteuer" zu zahlen habe? Ich erwerbe Eigentum aus versteuertem Einkommen, auf welches meine Erben später „Schenkungs-" oder „Erbschaftssteuer" zahlen müssen? Wir besteuern Arbeitseinkommen *und* den aus diesem versteuerten Einkommen bestrittenen Konsum? Allerdings: Ein nimmersattes System spiegelt nur die nimmersatten Menschen wider, die es in Anspruch nehmen. (Das bekannte „Überweidungsproblem": Steht die Wiese *allen* zur fairen gemeinsamen Nutzung zu, wird jeder Bauer zusehen, dass *seine* Tiere am meisten abbekommen, und so denkt jeder. Das Scheitern des Sozialismus.)

89. Interessante Frage: Ich weiß durchaus, was frühere Freundinnen meiner Jugendzeit - erfüllt oder unerfüllt - heutzutage für mich bedeuten, sei es als Erinnerung, sei es als Wunschprojektion, sei es als nächtlicher Traum. Welche Rolle aber spiele *ich* für *sie* noch? Eine „Erinnerung" bin ich wohl, no doubt, aber „Projektion"? oder gar „(Alb-)Traum"?

90. Die Situation einer Zwickmühle: Für die bereits lebenden Generationen wäre es katastrophal, wenn keine Kinder mehr geboren würden, und angesichts der Weltlage und ihrer prognostizierbaren weiteren Entwicklung wäre es den künftigen Generationen fast zu wünschen, dass sie *nicht* zur Welt kämen. Derartige Situationen nennt man *tragisch*.

91. Eine Zwickmühle anderer Art: Auf der einen Seite das Bestreben, möglichst lange ohne irgendwelche Medikamente klarzukommen, auf der anderen Seite der Wunsch, etwas gegen diese ständige Niedergedrücktheit und Freudlosigkeit zu tun (Antidepressiva).

92. Eigentlich geht es mich als protestantisch getauften und konfirmierten, zudem evangelisch kirchlich getrauten Menschen, der dann 1993 seinen Kirchenaustritt erklärt hat, nichts an, aber: Jahrhundertealte Rituale vermögen zu beeindrucken, in diesem Fall (und meine bisherige Lebenszeit abdeckend): Johannes XXIII, Paul VI, Johannes Paul I, Johannes Paul II, Benedikt XVI, Franziskus I, jetzt die Wahl von Leo XIV - die Tradition erheischt Respekt.

93. Was ist von jemandem zu halten, der mit dem gleichen Interesse und Vergnügen mal eine Biografie, mal ein Lehrbuch der Physik, mal einen Roman, mal ein Buch über die Entwicklung der deutschen Sprache, mal ein mittelalterliches Epos, und mal einen philosophischen Text zur Hand nimmt? „Vielseitig interessiert" dürfte unstrittig sein, bei „umfassend gebildet" wird man schon vorsichtiger, und am wahrscheinlichsten trifft wohl ohnehin „autodidaktisch herumpfuschend" zu, „spielerische Oberflächlichkeit" vielleicht noch. Oder aber, ins Boshafte gewendet: „stümperhafte Halbbildung".

94. Natürlich ist es billig, ggf. sogar arrogant und ausgrenzend, wenn jemand, der promoviert hat und dessen Töchter ebenfalls akademische Abschlüsse erworben haben, behauptet, dass ein zu großer Anteil der Jahrgänge nach der Grundschulzeit auf's Gymnasium wechselt, dass ein zu großer Anteil der Jahrgänge das Abitur ablegt, dass zu viele junge Menschen an die Universitäten gehen anstatt in Ausbildungsberufe. Denn: Diese Entwicklung ist allein durch jeweils deutliche Niveauabsenkungen ermöglicht worden. Eine Fehlentwicklung, ohne Zweifel. Ob nicht das alte dreigliedrige Schulsystem arbeitsmarkttechnisch versorgungssicherer war, man also zu diesem zurückkehren sollte - im Zuge moderner Gleichstellungstendenzen natürlich mit entsprechenden „Durchlässigkeiten" als Modifikation?

95. Jede aktual gelebte Lebensphase ist wie ein See mit Zu- und Abflüssen: Dem Zufluss an neuen Erfahrungen, Erlebnissen,

Ideen etc. steht der Abfluss von Verdrängtem, Vergessenem, Belanglosem gegenüber, das Wasser des Sees tauscht sich aus, bleibt frisch und sauber. Anders mit einer abgeschlossenen Lebensphase, wie Schule, Ausbildung, Berufstätigkeit, bestimmte Kontaktgruppen etc.: Hier sind die Zuflüsse versiegt, zunehmend geraten Details in Vergessenheit, die Erfahrungen ziehen sich als gemachte immer weiter in die Vergangenheit zurück. Das Wasser wird trübe, steht ab, fängt an zu faulen, der See ist in Gefahr zu „kippen".

96. Erstmals packt einen die schauderhafte, ja angsteinflößende Empfindung des *Endgültigen* in der Einrichtung des eigenen Lebens wie der privaten Lebensumgebung. Man wird, durch äußere Umstände gebunden, kaum noch etwas ändern können. Damit einher geht aber auch der Verlust der *Leichtigkeit der Existenz*, des Gefühls, „sein Schicksal selbst in der Hand zu haben", dieses Gefühl also des „Spielerisch-Leichten", das einen so lange begleitet hat, auch deshalb, weil man immer - mit Aristoteles - sagen durfte: „Mein Leben war bisher weitestgehend ein glückliches und geglücktes". Nun aber: der schwer lastende, niederdrückend-bange Blick in die eigene Zukunft.

97. Aus „Freupunkten" im zukünftigen zeitlichen Ablauf sind „Angstpunkte" geworden, und da diese zunehmen, wird es immer schwieriger, die Gedanken von ihnen fernzuhalten.

98. Die Energie, die ein Photon trägt, ist gegeben als $E = h \cdot f$, zu jeder Energie gibt es ein Massenäquivalent $E = m \cdot c^2$. Nach Einstein hat ein Photon auch Teilchencharakter, so dass, fasst man beide Gleichungen zusammen, man über die Beziehung $f = m \cdot c^2 / h$ mit $c = 3 \cdot 10^8$ ms^{-1} und $h = 6,626 \cdot 10^{-34}$ Js einer Masse von $m = 92$ kg (that's me) die Frequenz $f = 1,25 \cdot 10^{52}$ Hz zuordnen kann - eine derart harte Strahlung, dass sie im gesamten Universum kaum irgendwo physikalisch realisiert sein dürfte. Was, zum Henker, soll ein solcher Wert also über mich aussagen?

99. Ob Hylas, als ἐρώμενος des Herakles, nicht als „homogerontophil" bezeichnet werden müsste? Da er sich aber auch zu den jungen Nymphen hingezogen fühlt, wäre er zugleich „heterophil" und insofern dann auch „bisexuell".

[Fortsetzung in den *Sudeleien III*]

IV. Ausführliche Erklärung dreier Gemälde zum Mythos von Hylas und den Nymphen: *J.A. Koch, J.W. Waterhouse, H. Rae*

Der Mythos von Hylas und den Nymphen ist von sehr ambivalentem Charakter: Wurde er von den Nymphen verführt und gewaltsam in ihr feuchtes Reich gezogen, im Sinne einer Entführung also? Erlag er dem Liebreiz dieser Wesen und folgte ihnen freiwillig? War er seiner Rolle als Liebhaber des (deutlich älteren) Herakles mittlerweile überdrüssig und fühlte sich von der jugendlichen Schönheit der Najaden angezogen? Aber wie schon Vergil fragte: „Cui non dictus Hylas puer?"

Von den vielen Bearbeitungen dieses Themas stachen mir drei besonders ins Auge: Die Bearbeitungen von Joseph Anton Koch *Der Raub des Hylas* (1832), John William Waterhouse *Hylas und die Nymphen* (1896) und Henrietta Rae *Hylas und die Wassernymphen* (1909). Alle drei Gemälde weisen diese Ambivalenz auf: In *Der Raub*

des Hylas wehrt sich dieser gegen den Zu-
griff der Nymphen und schaut entsetzt-an-
klagend zu Amor zurück, aber: Es ist eben
Amor, Sinnbild der Liebe und des Begeh-
rens, welche/s sich hier nur auf die Nymphen beziehen kann, denen Hylas damit
verfallen ist. - In *Hylas und die Nymphen*
scheint er dem Werben der Wassernym-
phe nicht abgeneigt, die mit bittendem
Blick zu ihm aufsieht und ihre Hände bereits an seinen rechten Arm gelegt hat, offensichtlich noch ohne eine Zugkraft auszuüben; auch Hylas blickt ihr ins Gesicht,
zu ihr hinabgebeugt, aber noch scheint er
nicht bereit, ihr in das nasse Element, wo
auch ihre Schwestern schon warten und
der Szene abwartend beiwohnen, zu folgen. - Ähnlich in *Hylas und die Wassernymphen*: Hier scheint die Nymphe bereits eine
gewisse Zugkraft auf seinen rechten Arm,
den sie gefasst hat, auszuüben, noch aber
hebt Hylas abwehrend seinen linken Arm
und blickt zurück auf eine Nymphe, die,
unterstützt durch eine verweisende Be-

wegung ihrer rechten Hand, deren leicht gekrümmter Zeigefinger zum Wasser hinweist, offensichtlich bemüht ist, ihn zum Übergang in das nasse Element zu überreden.

Die beiden letztgenannten Werke von Waterhouse und Rae haben die Gemeinsamkeit, dass sie die Personengruppe von Hylas und den Nymphen bildfüllend und bestimmend arrangieren, wobei diese Personen durch ihre helle Hautfarbe aus dem übrigen amorphen, organisch-sumpfigen Dunkel einer zivilisationsfernen Naturumgebung (Wald) hervorstechen, was zu starken Hell-Dunkel-Kontrasten in beiden Bildern führt. Ganz anders bei Koch: Hier nimmt die Gruppe 'Hylas plus Nymphen', teilt man das Bild in eine 4x4-Matrix ein, nur die beiden untersten mittleren Sechzehntel ein, ist also mittig an den unteren Bildrand gedrängt. Die übrigen 7/8 der Gemäldefläche werden von einer offenen und vom Tageslicht bestimmten Naturumgebung eingenommen, einem stilisiert gestalteten *locus amoenus*, welcher von einer mächtigen Baumgruppe dominiert wird und nur wenig belebt ist.

Eine mediterrane Küstenlandschaft, am rechten Bildrand in der Ferne dunstverhangene Berggipfel. Ebenfalls am rechten Bildrand hat ein hölzernes, über Segel oder Ruderer angetriebenes antikes Schiff geankert, die ARGO wohl, mit der auch Hylas angekommen sein muss. In Ufernähe, mit dem Rücken an einen Baumstamm gelehnt, eine männliche Figur, die sich im Schatten des Baumes ausruht. Über ihm in einer Astgabel, von ihm nicht beachtet, eine unbekleidete Frau, die zu ihm hinabblickt - mit welcher Intention, bleibt unklar. Am linken Bildrand, der Menschen nicht achtend, zwei vierfüßige Wildtiere, Paarhufer. Die sehr detailreich gestaltete Baumgruppe, die die gesamte obere Bildhälfte bestimmt, ist leicht nach rechts geneigt, was offenbar dem langfristigen Einfluss der vorherrschenden Windrichtung geschuldet ist. Die gesamte Szenerie in mildem Tageslicht: Sonne, hellblauer Himmel, leichte Schleierwolken.

Die Hylas-Nymphen-Gruppe, die Mitte des unteren Bildrandes einnehmend (14. und 15. Segment der 4x4-Matrix): Drei Nymphen haben ihn bereits gepackt und ziehen ihn zu sich herunter in das - allenfalls hüfttiefe - Gewässer, von rechts eilen zwei weitere Nymphen hinzu, den Widerstrebenden zu bändigen resp. zu überwältigen, der sich gegen seinen „Raub" wehrt, den linken Arm anklagend-hilfesuchend gegen Amor gewandt, der, eine Fackel in der rechten und seinen Bogen in der linken Hand, jedoch offensichtlich nicht einzugreifen gedenkt. Die mittlere der drei linken Nymphen hat Hylas am Kinn gepackt, um sein Gesicht, welches er Amor zugewandt hat, von diesem wegzuwenden. Die Nymphen und Amor sind unbekleidet, Hylas trägt einen altrosafarbenen Umhang, der sich anscheinend bereits von seinem Körper zu lösen beginnt. Wie überraschend dieser ganze Angriff auf ihn kam, zeigt eine goldene Amphore, die er in der rechten Hand hält und mit der er aus dieser Quelle Wasser zu schöpfen gesonnen war, wie die leicht nach unten auf Höhe der Wasseroberfläche geneigte Öffnung der Amphore zeigt. Hylas' linkes Bein schwebt bereits haltlos in der Luft, nur sein rechtes Knie stützt sich noch auf einem Stein ab: Es kann keinen Zweifel geben, dass er den Nymphen unterliegen und von ihnen im nächsten Augenblick in ihr nasses Reich hineingezogen werden wird. Doch, wie bereits gesagt: Dieses bedrohliche Szenario wirkt im Ganzen wie ein Zitat in einem ansonsten harmonischen und friedvollen *locus amoenus.*

Ganz anders die beiden anderen Bearbeitungen dieses Themas bei Waterhouse und Rae, und zwar zunächst einmal dadurch, dass die Hylas-Nymphen-Gruppe dominant und formatfüllend ins Zentrum beider Gemälde gestellt wurde, und dies zudem - den fortgeschrittenen Kunstepochen geschuldet - *ohne* die klassizistisch-romantische Stilisierung, die das Bild Kochs von 1832 noch prägt, 'lebensnäher' also. Zudem weisen beide Werke derart deutliche Parallelen auf, sei es in der Bildkomposition, der Farbgebung, der Hell-Dunkel-Kontraste und letztlich der thematischen Schwerpunktsetzung, dass mit 'an Sicherheit grenzender Wahrscheinlichkeit' davon ausgegangen werden darf, dass Henrietta Rae sich mit ihrer Bearbeitung dieses Sujets aus dem Jahre 1909 auf John W. Waterhouse' Gemälde von 1896 zurückbezieht - ein „Remake" also, aber keinesfalls ein Plagiat.

Doch zunächst zu Waterhouse' *Hylas und die Nymphen*: Sieben bildhübsche (im wahrsten Sinne des Wortes) junge weibliche Wesen, alle mit brünetten, glatt herabfallenden Haaren und dunklen Augen ausgestattet, richten ihre Blicke auf Hylas, der, die linke Bildhälfte dominierend, in ein violettes Gewand gehüllt ist, das von einer roten Schärpe um seine Hüfte zusammengehalten wird und fast seinen gesamten Oberkörper frei lässt. Hinter seinem rechten Oberarm erkennt man eine Amphore aus Ton, die er in seiner linken Hand hält - offensichtlich ist er an diese Quelle gekommen, um Wasser zu schöpfen. Er wendet sein Gesicht einer der Nymphen zu, die ihn mit beiden Händen sanft am rechten Arm hält, offenbar ohne eine Zugkraft auf Hylas auszuüben, so dass man diese Berührung am ehesten als zärtliche Geste der Zuneigung verstehen muss. Hierzu passt auch die Nähe ihrer beider Gesichter und der offene Blick, mit dem sie sich aufeinander fokussieren, zudem zeigt Hylas keinerlei abwehrende Körperhaltung oder Gestik: Er ist ganz der schönen Nymphe zugewandt und auf sie bezogen, ohne ihre ebenso schönen Schwestern zu beachten. Eine zweite Nymphe, ebenfalls ganz in seiner

Nähe, bietet ihm eine Handvoll Perlen dar: Zeichen des ihn in ihrem Reich erwartenden Wohlstands? Eine Art werbende Brautgabe? Schwer zu sagen, denn auffällig ist, dass die sieben Nymphen in keinem Konkurrenzverhältnis untereinander zu Hylas zu stehen scheinen: Ihrer aller Blicke sind auf den jungen Mann gerichtet, ohne aber die Nymphe, mit der Hylas gerade spricht, beiseite drängen zu wollen. Allenfalls die Nymphe im Vordergrund, von der man nur den Hinterkopf sieht, könnte man als Konkurrentin sehen, da sie mit der rechten Hand an Hylas' Gewand zieht, als wenn sie seine Aufmerksamkeit auf sich lenken möchte.

Was das weitere Geschehen angeht, hält sich das Bild bedeckt, indem es eindeutige bildhafte Hinweise darauf verweigert: Wird Hylas sich schließlich doch zurückziehen? Wird er den Nymphen in ihr Reich folgen, von ihrer physischen Schönheit betört? Wollte man das Verhältnis der Figuren auf eine Formel bringen, müsste sie bzgl. der Nymphen wohl „konfliktfreies Begehren" lauten, und was Hylas angeht, scheint er mir am ehesten so etwas wie eine „sympatisierende Zuwendung" zu den Nymphen zu zeigen.

So viele Parallelen es auf der gestalterischen Ebene beider Werke gibt, so verschieden ist doch der Akzent, den Henrietta Rae in *Hylas und die Wassernymphen* dem Geschehen gegenüber der Darstellung bei Waterhouse verleiht: Die möglicherweise allzu klischeehafte Betonung der Schönheit des Weiblichen bei Waterhouse wird hier deutlich abgeschwächt, die Situation konflikthafter gestaltet. Inwiefern dies beides? Nun, zunächst einmal hat sich die Situation gegenüber der Version von Waterhouse zeitlich weiterentwickelt, denn die bauchige Amphore, bei Waterhouse noch in Hylas' Hand, schwimmt jetzt frei auf dem Wasser und hat sich bereits ein Stück weit von Hylas in Richtung des rechten Bildrandes wegbewegt. Sodann bricht Hae die Unbestimmtheit der Situation gegenüber Waterhouse auf, indem sie ein Konfliktmoment in die Szenerie bringt: Wieder ist es eine - diesmal dunkelblonde - Nymphe, die mit beiden Händen Hylas' rechten Arm gepackt hat und einen Zug zu sich hin auf ihn ausübt; zugleich blickt Hylas aber über seine linke Schulter auf eine hinter ihm stehende Nymphe, die mit dem rechten Zeigefinger gebieterisch auf die dunkelblonde Nymphe zeigt, der Hylas gefälligst folgen möge. Seine linke Hand allerdings ist in einer abwehrenden Geste erhoben, sein Gesicht fragend, seine Augen blicken skeptisch. Die dunkelblonde Nymphe, die Hylas zu sich herunterziehen möchte, findet Unterstützung von einer dunkelbrünetten Nymphe, deren rechte Hand die rechte Schulter ihrer Kollegin berührt.[5] Im Vordergrund des Bildes zwei

---

[5] Die zurückhaltende Darstellung der physischen Erscheinung der - wie bei Waterhouse - unbekleideten Frauengestalten bei Hae zeigt sich z.B. darin, dass die

Nymphen, die hinzueilen, im Hintergrund links weitere zwei Nymphen, die offenbar gleichfalls auf dem Weg zum Geschehen sind.

In summa: Bei J.A. Koch obsiegen die Nymphen, Hylas' Gegenwehr ist fruchtlos. J.W. Waterhouse hält die Szene in der Schwebe, der Ausgang bleibt offen. H. Rae dagegen lässt das Scheitern der Nymphen bei ihrem Versuch, Hylas zu rauben, als wahrscheinlich erscheinen: Allzu skeptisch wird der Argonaut hier gezeichnet, die Attraktionskraft der Nymphen damit von der Malerin relativiert.

Oberkörper der beiden Nymphen durch die Oberarme der Dunkelblonden verdeckt werden, die Nymphe am vorderen linken Bildrand sich bis an die Schultern im Wasser befindet, so dass auch ihr Oberkörper dem Blick entzogen wird. Einzig die *hinter* Hylas befindliche Nymphe ist in ihrer Körperlichkeit dem Betrachter sichtbar - für Hylas aber gerade *nicht,* dem sie im Rücken bleibt.

Nachwort

Den „Lichtenberg'schen Sudeleien", als Vorgängerband zu den hiermit vorgelegten „Sudeleien II" erschienen, lagen die von Wolfgang Promies herausgegebenen Bände der „Sudelbücher I/II" sowie die „Briefe" Lichtenbergs (= Band IV seiner Ausgabe) zugrunde, aus denen denn auch mir wichtige zentrale Zitate in das Büchlein übernommen wurden. Ausgespart blieb damals der dritte Band mit den veröffentlichten Schriften Lichtenbergs (inkl. der „Erklärung der Hogarthischen Kupferstiche")[6], und zwar wegen der hier gegebenen strengeren und geschlosseneren Formen dieser publizierten Texte, was nicht recht zum aphoristischen Charakter der „Lichtenberg'schen Sudeleien" passen wollte. Auch die vorliegenden „Sudeleien II" sind zwar aphoristischer Natur, aber: „Wenn alles in der Kiste ist, was eigentlich

---

[6] Die Zitate aus diesem Band sind durch die nachgestellte Sigle „(Lichtenberg III, S. xyz)" gekennzeichnet.

hinein gehört, und es schlottert noch, so steckt man etwas anderes dazwischen." (Lichtenberg III, S. 126) Und das sind hier Bemerkungen eher polemischen Charakters - eine Stilebene, die mir ansonsten weniger liegt, aber man wird älter. Und unduldsamer.

Was die Anordnung der Texte in diesem Buch angeht: Von den vier umfangreicheren Reflexionen abgesehen, die gewissermaßen als 'Säulen' des Textgebäudes fungieren (die abschließende „Ausführliche Erklärung" selbstverständlich als Hommage an den Literaten, Physiker und Denker der Spätaufklärung G.C. Lichtenberg gedacht), folgt die Nummerierung der Aphorismen schlicht der chronologischen Folge der Entstehung dieser Eintragungen.[7] Ein Rückgriff auf eigene Texte älteren Entstehungsdatums, wie in den „Lichtenberg'schen Sudeleien" vorgenommen,

---

[7] Dass dies für die Nr. 99 *nicht* gilt, ist, fürchte ich, allzu offensichtlich.

fand hier *nicht* statt. Eine thematische Differenzierung dieser Notizen, wie noch in den „Lichtenberg'schen Sudeleien" durchgeführt, schien mir diesmal ebenfalls nicht notwendig zu sein.

Um für mich selbst einen definierten Abschluss des vorliegenden Projekts zu setzen, habe ich vorab die Zahl der „Aphorismen" auf insgesamt 3 · 33 Stück begrenzt, *ohne* dass, wie gesagt, diesen drei Textblöcken ein thematischer Schwerpunkt zuzuordnen wäre. Möglicherweise wird sogar noch ein weiterer Band „Sudeleien III" folgen, der dann z.B. den Untertitel „Gedanken eines allmählich Vergreisenden" tragen und ein unbestimmtes Erscheinungsdatum haben könnte, doch dies bleibt abzuwarten. –

Bereits erschienen:

Erk F. Hansen

Theodor Storm
Ungeschriebene Novellen
Nach seinen hinterlassenen Entwürfen ausgeführt

Der Band umfasst folgende Texte:
Im Korn
Marie v. Lützow
Florentiner Novelle
Sylter Novelle
Die Armesünder-Glocke
Celeste. Eine Phantasie

ISBN 978-3-752-82015-7 (2018, BoD)

479 S., Hardcover mit Fadenheftung,
Lesebändchen und Schutzumschlag

34,95 € (als E-Book 19,99 €)

Bereits erschienen:

Erk F. Hansen

Von Liebe, Schuld und Tod
Novellenroman

1. Teil: Föhrer Trilogie
Föhrer Glocken
Föhrer Totentanz
Requiem einer Insel

ISBN 978-3-752-82180-2 (2019, BoD)

493 S., Hardcover mit Fadenheftung,
Lesebändchen und Schutzumschlag

34,95 € (als E-Book 19,99 €)

Bereits erschienen:

Erk F. Hansen

Von Liebe, Schuld und Tod
Novellenroman

2. Teil: Bodensee-Trilogie
Johannas Reifung
Johanna und Simone
Simones Abschied

ISBN 978-3-746-08005-5 (2019, BoD)

524 S., Hardcover mit Fadenheftung,
Lesebändchen und Schutzumschlag

34,95 € (als E-Book 19,99 €)

Bereits erschienen:

Erk F. Hansen

Von Liebe, Schuld und Tod
Novellenroman

3. Teil: Salemer Trilogie
Czech Hottie
E***s Tagebuch
Milenas Wut

ISBN 978-3-749-42054-4 (2019, BoD)

340 S., Hardcover mit Fadenheftung,
Lesebändchen und Schutzumschlag

29,95 € (als E-Book 14,99 €)

Bereits erschienen:

Erk F. Hansen

Südlich der Eider
Dithmarscher Novelle

ISBN 978-3-749-48106-4 (2020, BoD)

152 S., Hardcover mit Fadenheftung,
Lesebändchen und Schutzumschlag

24,95 € (als E-Book 12,99 €)

Bereits erschienen:

Erk F. Hansen

Zwiegespräch über ein heikles Thema
Eine Novelle der Biedermeier-Zeit
in drei Teilen

ISBN 978-3-751-90452-0 (2020, BoD)

224 S., Hardcover mit Fadenheftung,
Lesebändchen und Schutzumschlag

24,95 € (als E-Book 12,99 €)

Bereits erschienen:

Erk F. Hansen

Zurück im Hirschpark
Jahnns letzten Jahre in Hamburg

ISBN 978-3-751-99531-3 (2020, BoD)

168 S., Hardcover mit Fadenheftung,
Lesebändchen und Schutzumschlag

24,95 € (als E-Book 12,99 €)

Bereits erschienen:

Erk F. Hansen

Das Treffen zu Würzburg im Jahre 1210
Eine Novelle aus dem Hochmittelalter

ISBN 978-3-755-71049-3 (2022, BoD)

258 S., Hardcover mit Fadenheftung,
Lesebändchen und Schutzumschlag

29,95 € (als E-Book 14,99 €)

Bereits erschienen:

Erk F. Hansen

Lesen
Eine posthume Novellentrilogie

Franziska Gräfin zu Reventlow liest Friedrich Hebbel
Johann Wilhelm Ritter liest Novalis
Der alte Kant liest sich selbst

ISBN 978-3-757-88194-8 (2023, BoD)

186 S., Hardcover mit Fadenheftung,
Lesebändchen und Schutzumschlag

29,95 € (als E-Book 15,99 €)

Bereits erschienen:

Erk F. Hansen

Gleichungen
Zehn Reflexionen zu Gleichungen der Physik
nebst einer Rede und einem Märchen

ISBN 978-3-759-71982-9 (2024, BoD)

100 S., kartoniert

9,99 € (als E-Book 5,49 €)

Bereits erschienen:

Erk F. Hansen

Hölderlins Weg in die Seinsvergessenheit
Eine Textcollage

ISBN 978-3-758-34045-1 (2024, BoD)

100 S., kartoniert

9,99 € (als E-Book 5,49 €)

Bereits erschienen:

Erk F. Hansen

Lichtenberg'sche Sudeleien

ISBN 978-3-769-35444-7 (2025, BoD)

103 S., kartoniert

9,99 € (als E-Book 5,49 €)